Die Winter in Skandinavien sind lang ... und grausam – das jedenfalls meinen Krimiautoren, die von versuchten und vollendeten Morden im hohen Norden Europas erzählen. Beliebte Zutaten ihrer Geschichten sind langsam wirkende Gifte, schnell feuernde Waffen und blitzgescheite Detektive. Aber wo es bei Tag schon Nacht wird, da können auch Ermittler im dunkeln tappen. Und so wissen die Leser manchmal mehr als die klügsten Kommissare und erfahren zum Beispiel, wie gefährlich für Ehemänner die häusliche Weinproduktion werden kann, welche Gefahren in Fitness-Studios lauern oder weshalb sich besonders schöne Landschaften hervorragend für brutale Morde eignen. Im hohen Norden gibt es Verbrechen, wie sie so nur dort vorkommen können.

Die spannendsten Kriminalerzählungen von Maj Sjöwall, Dan Turèll, Marie Hermanson, Margaret Johansen, Unni Lindell und vielen anderen sind in jeder Hinsicht ungewöhnlich und hätten in dieser Form südlich der deutsch-dänischen Grenze niemals geschrieben werden können.

insel taschenbuch 3656
Mord im Fjord

MORD IM FJORD

Neue Kriminalgeschichten aus Skandinavien

Ausgewählt von Carolin Bunk und Hans Sarkowicz

Insel Verlag

Umschlagabbildung: Stockbyte / Paul Souders / Getty Images

insel taschenbuch 3656
Originalausgabe
Erste Auflage 2010

Quellenverzeichnis am Schluß des Bandes.
Vertrieb durch den Suhrkamp Taschenbuch Verlag
Umschlag nach Entwürfen von Willy Fleckhaus
Satz: Hümmer GmbH, Waldbüttelbrunn
Druck: Druckhaus Nomos, Sinzheim
Printed in Germany
ISBN 978-3-458-35356-0

1 2 3 4 5 6 – 15 14 13 12 11 10

Inhalt

Dan Turèll | Der kleine Macker

Gerade als ich mir den Weg durch die offizielle Eingangstür des Stjernecafé am Halmtorv bahnen wollte, trugen zwei weißbekittelte Herren einen dritten – nicht weißbekittelten – Herrn hinaus. Der Mann war jung, hatte dünne blonde Haare, war ziemlich schmächtig und auf alle Fälle bewußtlos. Wegen der Lichtverhältnisse im Eingang konnte ich nur Schulter und Nacken deutlich erkennen.

»Was ist denn passiert?« fragte ich den Barmixer Bob. Ich werde wohl nie lernen, die Schnauze zu halten.

»Er kam herein«, sagte Bob. (Nicht eben überraschend.) »Gekannt hab ich ihn nicht. Er bestellte ein Bier und setzte sich an einen Tisch im Hintergrund, allein. Dann bestellte er noch ein Bier und saß da und guckte. Er wirkte nicht so, als hätte er was vor, eher schien er auf jemanden zu warten.

Wie lange er da gesessen hat, weiß ich nicht, ich hab ja hier gestanden und gearbeitet, aber dann sind irgendwelche Leute gekommen und haben sich zu ihm gesetzt, ein Herr und eine Dame. Ich hab nur ihre Rücken gesehn, weil ich in der Bar servieren mußte. Ein paar Minuten später bin ich an ihren Tisch und wollte sie bedienen ...« (Apropos, Sie sollten Bob mal »bedienen« sehen!), »... aber da waren sie schon wieder weg, und er saß immer noch da und ließ den Kopf hängen und sagte nichts, und ich dachte nur: Jetzt ist dem kleinen Macker wohl was schiefgelaufen. Ja, und weiter nichts«, meinte Bob etwas zahm. »Und als Kurt dann an dem kleinen Macker vorbeiging, hat er ihn aus Versehen angestoßen, er hätte wie ein Schlafender ausgesehn, hat Kurt gesagt, oder wie eine Puppe. Aber in der Schulter hatte er ein Messer stekken, ganz tief bis zum Heft, und das hat da offenbar gesteckt, seitdem seine Freunde ihn verlassen hatten. Du weißt ja, wie dunkel es bei uns ist!«

Ja, das wußte ich, und das war einer der Gründe, weshalb ich hin und wieder auf einen Drink ins Stjernecafé ging. Man konnte dort für sich sein, unbemerkt und anonym, solange man nicht gerade gewalttätig wurde. Offensichtlich aber konnte man das nicht mehr.

Ich blieb an der Bar stehen, während Bob weiter servierte. Die Stammgäste kamen und gingen, der Fahrzeugverkehr der Großstadt erreichte seinen abendlichen Höhepunkt und ebbte allmählich wieder ab. In regelmäßigen, rhythmischen Abständen heulten Krankenwagen und Polizeiautos vorüber. Und im Rigshospital oder im Frederiksberg Hospital lag ein junger Mann mit einer tiefen Stichwunde in der Schulter. Bob war ein bißchen durcheinander. Kein anständiger Barmixer hat Messer in seinen Gästen gern. Messer bestellen keine weitere Runde.

Die Stimmung war spannungsgeladen, alle sperrten Mund und Nase auf oder kratzten sich nachdenklich den Kopf, gesprochen wurde nicht viel. Die beiden Leute waren so schnell gekommen und gleich wieder gegangen, daß niemand sie recht bemerkt hatte. Der kleine Macker, wie Bob ihn nannte, war sehr unscheinbar und namenlos gewesen. Und alle anderen hatten sich natürlich um das Ihre gekümmert – Tanz, Alkohol, Spiel, Sex.

»Ich glaube nicht, daß sie's waren«, sagte Jerry, der Besitzer, als er bei einem Inspektionsbesuch die Geschichte erfuhr. Seine roten Haare flatterten ihm um den Kopf.

»Nein, sie können das nicht gewesen sein. Man geht doch nicht so ohne weiteres in ein Lokal und sticht einen Mann nieder. Da müßte man schon ungeheures Schwein haben, wenn das keiner sieht!«

»Die hatten ungeheures Schwein!« brummte Bob.

»Du bist zu hitzig, Mann«, entgegnete Jerry jovial. »Verdammt noch mal, woher willst du denn wissen, daß das nicht einfach ein bescheidenes älteres Ehepaar aus der Provinz war, das nach der Uhrzeit fragen wollte oder wie man das Pensionat der Fräulein Pryds findet?«

»Zum Teufel«, sagte Bob, »unser Kundenkreis scheint sich zu verändern.«

Ich glaube, er wollte vor seinem Boß sarkastisch wirken, doch er behielt auf jeden Fall recht. Gerade als er das sagte, betraten drei Bullen das Stjernecafé.

Die drei boten einen erhebenden Anblick. Jeder für sich, hätte man ihn irgendwo hereinkommen sehen, wäre wohl kaum besonders aufgefallen, doch zusammen schienen sie direkt aus einer Filmfarce herausgeschnitten. Einer groß und hager, einer sehr klein, einer kugelrund. Und dann hießen sie, wie sie äußerst korrekt sagten – der Reihe nach und fast wie ritsch, ratsch, rutsch –: Frandsen, Andersen und Rasmussen, F, A und R, dachte ich. FAR, also Vater. Frandsen war der Chef. Er war derjenige, der die Vernehmungen durchführte.

Bob sagte, was er auch mir gesagt hatte. Er beschönigte nichts und fügte nichts hinzu, ich an seiner Stelle hätte jedenfalls wesentlich mehr daraus gemacht.

Frandsen nahm sein Zigarillo aus dem Mund und fragte:

»War er betrunken?«

»Er sah nicht danach aus. Wie geht's ihm denn?« fragte Bob vorsichtig, im Namen aller.

»Er ist am Leben«, antwortete Frandsen, »er liegt im Krankenhaus. Eine Vernehmung ist nicht möglich. Er hat einen Schock. Erst in drei oder vier Tagen wird er irgendeine Erklärung abgeben können, sagen die Ärzte. Er röchelt nur. Er phantasiert. Er redet von Messern, und dann kommt ab und zu ein Mädchenname – jedenfalls sagt er unentwegt ›Schneewittchen‹. Vielleicht ist er einfach verrückt.«

»Es sind selten die Verrückten, denen man ein Messer in die Schulter jagt«, sagte Andersen, der kleine und obendrein pockennarbige, den Finger nachdenklich am Brillengestell, etwa wie ein Politiker in den Fernsehnachrichten, kurz bevor er im Folketingsaal einschläft. »Die Verrückten jagen es eher hinein.«

Frandsen nickte seinem Untergebenen zu. »Da ist was dran«, sagte er tiefsinnig. »Daran ist was.«

»Vielleicht hat er etwas gewußt, was nicht gut für seine Gesundheit war«, meinte Jerry. »In diesem Viertel kann manches passieren.«

Mir schien, als hätte Jerry die Sache bisher nahezu genossen – wie ein großer, träger Kater, der mit Freuden zusieht, wie ein Hund getreten wird. Andererseits, man hatte den Hund ja weggetragen – und was tat ich selbst eigentlich?

»Nein«, sagte Bob kurz und scharf. »Nein, keiner hat ihm etwas erzählen wollen, das zu wissen nicht gut für seine Gesundheit war. Das ist bloß irgend so 'n Lauser, zum Teufel.«

Bobs Stimme war müde und hart und hatte einen metallischen Beiklang. Während Jerry mit dem Geschehenen offensichtlich spielen konnte, war es für ihn sehr ernst.

»Wir müssen unsere Pflicht tun«, sagte Frandsen, und nun wirkte er müde, jedoch auf seine Pflicht konzentriert, wie ein Kaufmann, der am Freitagabend fünf Minuten vor Ladenschluß eine Warenbestellung annimmt, die er nach einem zwölfstündigen Arbeitstag noch erledigen soll. »Er kann nicht vernünftig reden, und Ausweispapiere hat er nicht. Wir wissen also noch nicht, wer er ist. Alles, was er bei sich hat, das sind eine Schachtel Zigaretten Marke Cecil, ein Wegwerffeuerzeug und eine Plastiktüte mit etwa zweihundert Kronen. Wir müssen zuallererst seine Identität feststellen.«

Frandsen wandte sich an Jerry. »Es ist notwendig, daß Sie uns Namen und Adresse jedes einzelnen Gastes geben, der an diesem Abend hier war, zumindest von all denen, die Sie kennen und an die Sie sich erinnern.«

Bob murmelte: »Das sind nicht viele.«

Frandsen sagte gereizt, immer noch mit seinem Zigarillostummel im Mund: »Nein, das sind niemals viele. In einer solchen Spelunke gibt es immer nur wildfremde Gäste. Man hat nie zuvor auch nur einen von ihnen gesehen, und übermorgen spendieren Ihnen diese Stammgäste, die Sie plötzlich noch nie gesehen haben, eine Lage nach der anderen. Wollen Sie mit aufs Revier? Wollen Sie, daß die Kneipe geschlossen wird?«

»Jetzt hören Sie mal«, sagte Jerry. »Es besteht kein Grund, sich so aufzuregen. Wir haben in diesem Café stets das beste Verhältnis zur Polizei gehabt, das wissen Sie doch wohl. Erinnern Sie sich, als seinerzeit der Polen-Pjotr herkam? Haben wir nicht sofort angerufen? Ich bin nur eine

Stunde hiergewesen, und Bob kann nicht jeden gesehen haben, der gekommen und gegangen ist. An diesem Abend war Hochbetrieb.«

»Das war's gewiß«, sagte Frandsen langsam und in schnarrendem Ton.

Ich wußte, was er damit meinte, und Bob und Jerry wußten es auch. Frandsen kannte das Viertel gut genug, um liebenswürdig anzudeuten: daß die paar Drinks, die man im Laufe des Abends verkauft hatte, kaum die Ursache dieses Hochbetriebs gewesen waren. Er wußte bestimmt genau, wie viele Nutten sich ihre Beute im Stjernecafé holten. Er wußte sicher auch, wie viele von ihnen sich dort ihre kleinen gelben Glückspillen besorgten. Der Betrieb im Stjernecafé konzentrierte sich stets am auffälligsten um die Toiletten und die ungewöhnlich gut abgeschirmte Telefonzelle. Natürlich mußte Frandsen das wissen. Das wußte selbst ich.

Doch mir blieb keine Zeit, weiter darüber nachzudenken, denn Frandsen wandte sich nun direkt an mich, ich stand an der anderen Seite der Bar, Bob gegenüber. »Und Sie, junger Mann – wie sind Sie hierhergeraten?«

Ich bin nicht paranoid, nicht mehr als jeder heutzutage, und doch wurde mir trotz Frandsens verwegenem Anstrich von Volkskomödien-Bullen am Kragen heiß. Daß ich so unmittelbar in die Sache einbezogen wurde, hatte ich nicht erwartet. Und plötzlich fiel mir etwas auf: In der Zeit, seit Bob mir die Geschichte erzählt und ich mit ihm und Jerry mehr oder weniger planlos hin und her geredet hatte, bis zur Ankunft von FAR hatte das Lokal sich unmerklich geleert. Die Jukebox dröhnte immer noch, *I*

Shot The Sheriff hörte ich von weither, die Spielautomaten sandten ihre heftig wechselnden Lichter über die Szene, auf den grünen Tüchern der Tische standen Flaschen, Gläser und Aschenbecher, hier und da sogar Würfelbecher – doch die Menschen waren verschwunden. Das Ganze glich einer Filmkulisse, kurz bevor die Schauspieler kommen und sie mit Leben erfüllen. Wir waren allein: drei Bullen, ein Wirt, ein Barmixer – und ich. Frandsens Frage machte mich unangenehm nüchtern.

»Ich bin Journalist«, sagte ich, und meine Stimme klang in meinen Ohren wie die eines Menschen im Radio, der während eines Telefonprogramms anruft. »Ich wohne gleich in der Nähe. Ich wollte eben noch ein Glas vorm Schlafengehen trinken.«

Frandsen sah fragend zu Jerry hinüber. Jerry nannte großzügig meinen Namen, und das auf so elegante Art, als wollte er andeuten, daß es unter meiner Würde sei, sich an dergleichen Kleinigkeiten zu erinnern, und fügte hinzu, ich sei ein Freund des Hauses.

»Journalist also«, sagte Frandsen in einem Ton, der keinen Zweifel daran ließ, was er von meiner Zunft und Branche hielt. »Falls Sie glauben ...«

Jerry klärte ihn auf, daß ich kein solcher Journalist sei und meistens über Musik schreibe.

Frandsen war nicht davon überzeugt. Für ihn waren Journalisten wohl genauso Journalisten, wie Bullen für mich Bullen waren. Vermutlich sah er mich im Geist zur Telefonzelle stürzen und der Zeitung eine fünfspaltige Story für die Titelseite durchgeben: »Mysteriöses Messerstecher-Drama am Halmtorv. Als unser ausgesandter Mitarbeiter gestern abend ...«

Bob erzählte Frandsen, ich sei gerade gekommen, als »der kleine Macker« hinausgetragen wurde.

Da plötzlich leuchtete es vor meinen Augen auf, etwa wie ein Blitz, der direkt vor dem Fenster einschlägt, an dem man sitzt.

Kleiner Macker ... Macke ret ... Mackeret ... Macbeth ... Mackett!

Mackett!

»Bob!« schrie ich fast. »Das war doch Mackett!«

Endlich, zwei Stunden später, hatte ich das dünne blonde Haar und die Nackenpartie wiedererkannt. Es war Mackett. Das letztemal war er vor zwei Jahren in diesem Viertel gewesen, dann wurde er geschnappt und wegen Heroinhandel eingesperrt, und damals hatte er einen langen, zottigen Bart. Aber auch ohne Bart – das *mußte* Mackett gewesen sein. Obgleich ich sein Gesicht kaum gesehen hatte, war ich mir sicher. Nacken können vielsagend sein. Natürlich nur, wenn man auf sie achtet.

»Mackett?« Jerry mußte ein Weilchen überlegen. Dann entsann er sich. »Heroin, nicht wahr?«

Rasmussen, der dicke und schweigsamste der Bullen, trottete friedlich und schwerfällig zur Telefonzelle und wählte eine Nummer, die er auswendig wußte.

Bob sah mich aus irgendeinem Grund vorwurfsvoll an. Ich konnte ihm anmerken, daß ich irgend etwas falsch gemacht hatte, doch ich wußte nicht, was oder wieso. Und welchen Zusammenhang sollte es zwischen Mackett und Bob geben – abgesehen davon, daß er zufällig während Bobs Schicht gestorben war? Zum Teufel, wir waren wohl nur müde. Alle zusammen.

Als Rasmussen vom Telefon zurückkehrte, schien er äußerst zufrieden zu sein. Mit großer und offensichtlicher Selbstgefälligkeit schwebte er geradezu hin zu seinem Chef und flüsterte ihm ein paar vertrauliche Worte ins Ohr. Frandsen brummte nur. Er sah aus, als interessierte ihn das Gesagte nicht im geringsten. Dann ging er mit langen, elastischen Schritten auf und ab, während sein Zigarillo noch immer kleine Rauchwolken ausspuckte.

»Mackett wurde heute nachmittag aus dem Vestre-Gefängnis auf Bewährung entlassen«, sagte er dann, vor allem an Jerry gewandt. »Er wurde auf Bewährung entlassen und kam dann offenbar sofort hierher. Was hat er in diesem Café wohl gewollt?«

»Es passiert oft, daß sie gleich nach der Entlassung in die Stadt gehen«, sagte Jerry. Damit hatte er vollkommen recht, doch seine Antwort entsprach nicht Frandsens Wünschen.

»Da gibt es jemanden, mit dem er etwas abzurechnen hatte«, sagte Rasmussen. Auf einmal sah er gar nicht mehr fett und freundlich aus. Er ähnelte einem Werwolf, der Menschenblut wittert.

»Gesetzt den Fall«, sagte Frandsen, der mitten im leeren Lokal auf der Tanzfläche stand, und richtete sich dabei an keinen Bestimmten, »gesetzt den Fall, er wurde seinerzeit übers Ohr gehauen, falls Sie recht haben, junger Mann, und es sich wirklich um Mackett handelt, aber es klingt wahrscheinlich. Gesetzt den Fall, er wurde übers Ohr gehauen und hat Scherereien und Knast für einen andern übernommen. Gesetzt den Fall, er kam heute hierher, um von demjenigen, den er gedeckt hatte, Schadenersatz zu verlangen – und der griff statt dessen zum Messer?«

»Er war ein mieser Kerl«, sagte Jerry plötzlich, als denke er laut. Wer ihn kannte, las in seinen Augen noch mehr. Sie sagten: Laßt uns von etwas anderem reden.

»Auch miese Kerle kann man nicht einfach niederstechen«, entgegnete Frandsen umgehend. Jerry gab keine Antwort. Es entstand ein Schweigen, das vor Spannung geradezu knisterte.

Da bat ich Bob um einen Drink, und meine Bestellung schien einen Bann zu brechen. Alle fünf – die drei Bullen, Jerry und selbst Bob – starrten mich an, als hätte ich jegliches Taktgefühl verloren und der Dompröpstin in die Teekanne gepinkelt. Schließlich war das hier wohl eine Kneipe und immer noch Öffnungszeit!

Vielleicht löste es ihre Spannung trotzdem ein wenig. Zumindest ich entspannte mich etwas. Ich dachte an jenes mysteriöse Paar, das keiner so recht gesehen hatte. Das war seltsam. Nicht weil ich Detektiv bin, aber ich glaube, daß sich jeder, der eine Spur gesunde Vernunft besitzt, ausrechnen kann, daß ein Ehepaar als solches selten einen Mord begeht. Im Verlauf der Geschichte ist es nur sehr wenige Male vorgekommen, daß Mann und Frau gemeinsam einen Mord verübt haben. Dies gehört zu den zahlreichen Punkten, wo es den Ehepartnern häufig schwerfällt, direkt miteinander zu kommunizieren – wie man es heutzutage ausdrückt.

Vielleicht dachte Frandsen ähnliches. Jedenfalls bat er Bob um eine Liste, die nach Möglichkeit sämtliche Gäste, die er an diesem Abend gesehen hatte, enthalten sollte. Zögernd, nachdenklich und widerstrebend machte sich Bob an die Arbeit. Anschließend wollte er für heute Kasse machen.

Weshalb sollte ich hängenbleiben. Ich sagte gute Nacht, ging aber nicht nach Hause, sondern in die »Bodega Baronen«, in der es vor Erregung schwirrte und summte. Ich traf fast die gesamte Sippschaft aus dem Stjernecafé an, sie hatten den Bullen nicht begegnen wollen und bombardierten mich nun mit Fragen zum Fortgang der Sache. Ich kam erst spät nach Hause, aber es passiert ja auch nicht jeden Tag, daß man *beinahe* ein regelrechtes Messerstecherdrama erlebt.

Am nächsten Tag wachte ich mit einem Kater und einer letzten Ahnung von schweren Träumen im Hinterkopf auf, dann fiel mir die Reise nach Århus ein. Ich mußte schleunigst zum Flugplatz, um dann den ganzen Tag mit einer nichtssagenden Sitzung zu vergeuden, an der aber schließlich die Bezahlung meiner Wohnungsmiete für den nächsten Monat hing – also war nichts zu machen. Das Leben verlangt das Seine, wie Herman Bang bemerkt haben würde. Als ich einen Tag später wieder in Kopenhagen war, ging ich ins Stjernecafé. Es war genauso leer wie zwei Abende zuvor. Bob stand hinter der Theke und polierte mit fatalistischer Miene Gläser. Daß er für so etwas Zeit hatte, war sonst eine Seltenheit.

»Das übliche«, sagte ich. »Heute drängeln sich ja bei euch die Leute!«

»Die bleiben weg«, sagte er, »bis die Sache aufgeklärt ist. Übrigens ist es mit ihm aus.«

»Mit Mackett?« fragte ich dumm.

»Er ist tot«, sagte Bob kurz. »Gestern gestorben. Ist nicht mehr zu Bewußtsein gekommen. Hat bloß Unsinn geredet.«

»Woher weißt du denn das?« fragte ich. »War FAR hier?«

»FAR?« sagte Bob.

»Frandsen, Andersen, Rasmussen, F-A-R, Väterchen Polizei«, erklärte ich.

»Ja«, sagte Bob. »Die waren hier und haben's erzählt. Sie haben alle vernommen, die sie finden konnten. Aber sie haben nichts rausgekriegt, konnte ich merken. Sie patrouillieren immer noch herum. Im Augenblick ist der Fette hier.«

Ganz richtig: Rasmussens übermüdete, blutunterlaufene Äuglein sahen durch die Fensterscheibe ins leere Café hinein, in heftiger Erwartung, ein dunkles Geheimnis oder zwei zu entdecken.

»Und er hat weiter nichts als Unsinn geredet?« fragte ich.

»Wer?« fragte Bob. Seine Zerstreutheit war unnormal.

»Mackett natürlich!«

»Ja, bloß Quatsch, wie der Bulle vorgestern gesagt hat.«

Wie der Bulle vorgestern gesagt hat? Richtig, Frandsen hatte erzählt, Mackett habe irgend etwas phantasiert. Von Messern natürlich, und ... was war das noch? Eine Märchenfigur, ein Mädchen, Aschenputtel? Dornröschen? Was war es doch gleich?

Plötzlich fühlte ich mich einem großen Geheimnis dicht auf der Spur. Mir war, als sollte ich im nächsten Augenblick bis auf den Grund eines moosbewachsenen Brunnens sehen, klar durch das tiefste Dunkel hindurch – nur war es mir jetzt noch nicht möglich. Doch wie sich ein betrunkener Mann in einem finsteren Raum vorwärts tastet, indem er sich mit beiden Händen an der Wand festhält, so klammerte ich mich an meinen Gedanken.

Ich stand unvermittelt auf und ging hinaus auf die Straße. Dort fand ich Rasmussen. Ich fragte ihn, wie es gehe. Er erzählte mir, was ich soeben von Bob erfahren hatte. Er sagte, die Polizei verfolge verschiedene Spuren. Das klang nicht sonderlich überzeugend.

Als ich ihn auf Macketts Phantasien brachte, sprach er das Wort aus: Schneewittchen. Nicht Aschenputtel oder Dornröschen, sondern – natürlich – Schneewittchen. Mir lief es kalt den Rücken hinunter. Mir war zumute, als hielte mich ein Eisberg gefangen, preßte sich gegen meine Brust und nähme mir den Atem. Schneewittchen. Nun wußte ich Bescheid. Glaubte ich.

Ich kehrte ins Stjernecafé zurück, griff nach meinem Drink, der geduldig auf mich gewartet hatte, trank ihn aus und bestellte einen neuen.

Wie es aussah, sollten Bob und ich einen langen, ruhigen Abend miteinander verbringen. Das Stjernecafé war gleichsam in Acht und Bann getan und ein Ort der Pest, solange die Geschichte mit Macketts Messerstich nicht abgeschlossen war, das war klar – den Stammgästen war es zu unsicher für den täglichen Gebrauch, und die Laufkundschaft hört Gerüchte von fixen Messern nicht gern. Wir waren und blieben allein. Bob beschäftigte sich mit all den Dingen, die sonst nie erledigt wurden, der Kleingeldkasse, dem Bestand an leeren Flaschen, er säuberte Regalfächer, schrieb Bestellzettel für Geschirrtücher, und ich saß an der Bar und fühlte mich ganz verloren. Ich wußte etwas, doch was das war und was es zu bedeuten hatte – davon wußte ich nicht genug. Und vor allen Dingen stimmte mich dieses Wissen nicht im geringsten froh, und ich hätte es vorgezogen, gar nichts zu wissen. Oder auch nur etwas zu vermuten. Aber ich wußte etwas, und daran konnte keine Seele etwas ändern.

Draußen regnete es, und ich mußte wohl eingeschlafen sein, zumindest für einen Augenblick. Ich erinnere mich an ein Gefühl von Müdigkeit, unendlicher Müdigkeit, und dann war ich auf einmal hellwach, intensiv und klinisch wach, als wäre jemand so liebenswürdig gewesen, in meinem Gehirn die Batterien auszuwechseln. Im Hintergrund kramte Bob nach wie vor herum.

»Gib mir noch 'n Drink«, entfuhr es mir, ohne daß ich es wollte. »Gib mir noch einen, ich hab's!«

Bob schenkte mir ein und fragte, wie jeder vernünftige Barmixer fragen würde: »Was hast du?«

»Ich weiß es jetzt«, sagte ich. »Ich weiß, wer das Messer in Macketts Schulter gepflanzt hat. Und ich glaube, ich weiß sogar, warum!«

Im selben Moment kam Jerry herein, um zu inspizieren.

»Immer noch genauso leer, wie?« sagte er und nickte mir zu. »Ich spendiere einen Drink fürs ganze Haus. Wie schön, daß man einen zufriedenen Kunden hat.«

»Er ist grade dabei, das Mackett-Mysterium zu lösen«, sagte Bob mit einer Mischung von Spott und neugewecktem Interesse. »*So* oft spiele ich denn doch nicht den Idioten.«

»Erzähl, erzähl«, sagte Jerry. »Wer war's denn?«

»Denk mal an ›Schneewittchen‹«, antwortete ich.

Die Wirkung war nicht gerade überwältigend, doch immerhin spürbar. Bob ließ ein Glas fallen und machte sich mechanisch daran, die Scherben aufzufegen. Jerry sah von einem zum andern, offensichtlich ohne besonderes Vergnügen an dem, was er sah.

»Ich hätte es von Anfang an wissen müssen«, sagte ich, »zumindest seit dem Augenblick, als Frandsen mit Macketts ›unzusammenhängenden Phantasien‹ anfing. ›Schneewittchen‹ ...«

»Was zum Teufel hat ›Schneewittchen‹ mit dieser Sache zu tun?« fragte Jerry etwas ungeduldig. »Haben die ›Sieben Zwerge‹ ihn ermordet?«

»›Schneewittchen‹«, sagte ich, ungefähr wie ein Schullehrer, der das Einmaleins mit der Zehn durchnimmt, »›Schneewittchen‹ ist das Wort, das Mackett mehrmals wiederholt hat. ›Schnee‹ – das weißt du doch, Jerry – ist Kokain.«

»Sprich weiter.« Das sagte nicht Jerry, sondern Bob, der sich ausnahmsweise selbst ein Glas einschenkte.

»Aber ›Schneewittchen‹«, fuhr ich fort, »und das ist mir erst heute abend eingefallen, ›Schneewittchen‹ hieß das Mädchen, mit dem Mackett zusammen gelebt hat, bevor er einsaß. Er hat sie Schneewittchen genannt. Sie war auch süchtig. Das *muß* sie gewesen sein, und sie kennt dieses Lokal ... Ich habe sie lange nicht gesehn, zuletzt mit ihm zusammen.«

»Aber ich hab sie gesehen«, sagte Bob. Er sagte es sehr ruhig. »Ich hab sie ziemlich oft gesehn, öfter als diese tote Schmeißfliege. Sie ist meine Schwester, will ich dir mal sagen.« Bob fuhr unmittelbar fort: »Er war hinter ihr her, als er aus dem Knast rauskam. Er wußte nicht, daß sie drei Monate nach seiner Festnahme gestorben ist. Sie starb an einer Überdosis. Er, er mit seiner widerlichen Gewohnheit hat sie umgebracht.

Und weißt du, was er wollte, als er sie hier suchte? Er wollte sie erpressen, sie sollte ihm Geld geben, damit er der Polizei nichts von ihrer Hilfe bei seinem Heroin-Handel erzählt! Ich konnte einfach nicht anders«, schloß Bob ganz schlicht. »Wenn es jemals einen Scheißkerl gab ...« Er hob resignierend die Hände.

Jetzt spielte er nicht länger Theater. »Der kleine Makker« existierte nicht mehr. Statt dessen hieß er jetzt »Scheißkerl«.

Eines Tages holt uns alle die Wirklichkeit auf nassen Socken ein.

Und endlich verstand ich das Ganze.

Und als ich zu Jerry hinüberschaute, sah ich, daß auch er verstanden hatte, was es da zu verstehen gab – und zwar schon lange.

Ein paar Sekunden herrschte Schweigen. Als die Pause peinlich wurde, kehrte ich wie jedes andere Tier zu den gewohnten Wasserlöchern zurück. Ich bat um einen weiteren Drink.

»Wirst du der Polizei etwas sagen?« fragte Bob. Er wirkte weder nervös noch angespannt. Er war so ruhig, als habe er vor langer Zeit seinen Beschluß gefaßt und sei nun bereit, die Konsequenzen auf sich zu nehmen. Er sah ganz einfach aus wie ein Mann, der weiß, was er tut. Die Götter mögen wissen, wie ihm vor zwei Tagen, als Mackett hereinkam – und bis jetzt –, zumute gewesen ist.

»Nein, weshalb?« sagte ich. »Er war bestimmt ein Scheißkerl, da habt ihr recht. Ich bin sicher, daß ihn dieses merkwürdige Paar niedergestochen hat. Vielleicht waren das die Drahtzieher bei seiner Heroin-Dealerei.«

Bob nickte ausdruckslos.

»Genau«, sagte Jerry, »ganz genau der richtige Geist, alter Junge. Dasselbe habe ich den Bullen gesagt, und nun fahnden sie nach dem Ehepaar ... Du hast auch eine Schwester, nicht wahr? Ich spendiere eine Lage!«

Bauer Hermundur lebte zusammen mit seiner Frau und drei hübschen Töchtern auf einem stattlichen, gut gehenden Bauernhof. Der Hof lag ziemlich abgeschieden. Eines Tages wurde beschlossen, ihn besser ans Verkehrsnetz anzubinden, und eine Gruppe von Männern arbeitete daran, einen Weg zur Landstraße anzulegen. Eine andere Gruppe von Männern hatte die Aufgabe, über einen großen Fluß, der unweit des Hofes lag, eine neue Brücke zu bauen. Unter den Brückenbauern war ein junger, gut aussehender Mann. Er hatte schwarze Augenbrauen, dunkle Wimpern und schneeweiße Zähne, die er bei seinem entzückenden Lächeln gern zeigte. Während andere mit alten Autos herumfuhren, ritt er ein edles, hellbraunes Pferd mit weißem Schweif und weißer Mähne. Abends galoppierte er durch die Gegend und besuchte die Bauern und ihr Gesinde. Die Frauen waren ihm verfallen, wenn sie ihn nur ansahen, aber die Männer wünschten ihm am liebsten den Tod an den Hals. Er fand schnell heraus, wann es am günstigsten war, zu Besuch zu kommen – nämlich dann, wenn der Bauer nicht zu Hause war. Es schien, als wäre er mit mehr Sinnen ausgestattet als andere, und er wußte sie zu nutzen.

Bald bekam er auch Wind von Bauer Hermundurs drei hübschen Töchtern. Aber sich ihnen zu nähern war schwieriger als den meisten anderen jungen Frauen, denn ihre Mutter war von diesem gut aussehenden Mann ganz und gar nicht begeistert und legte keinen Wert auf seinen Besuch, nur damit er mit allen flirten konnte. Sie war nicht bei guter Gesundheit und ging deshalb nie aus dem Haus. Aufmerksam verfolgte sie alles, was in der Nachbarschaft passierte. Wenn sie ihn bemerkte, verjagte sie ihn und drohte ihm mit allem Übel, falls er nicht verschwände. Die verfluchte alte Hexe – die Mädchen wurden doch jetzt alle erwachsen, zumindest zwei von ihnen, die eine war vierzehn und die andere fünfzehn. Die Jüngste war erst zwölf, aber schon sehr hübsch.

Aber Liebe fragt nicht nach dem Alter. Schnell hatte Sólveig, die älteste Tochter, eine Möglichkeit gefunden, den gut aussehenden Mann zu treffen. »Rein zufällig« traf sie an einer Stelle auf ihn, wo ihre Mutter sie mit dem Mann nicht sehen konnte. Und da sie in dieser Woche jeden Morgen um sieben in den Kuhstall ging, um die Kühe zu melken, könne man sich ungestört im Stall treffen, bevor er um acht zur Arbeit mußte. Sie könne ihm in einer Kanne Morgenkaffee mitbringen, und sie könnten sich unterhalten. Sie könnten sich sogar schon früher treffen. Sólveig hatte keine Probleme damit, in aller Herrgottsfrühe aufzustehen. So könnten sie sich auch schon um sechs treffen. Dann bliebe ihnen viel Zeit. Die beiden älteren Schwestern wechselten sich mit dem Melken ab, und diese Woche war sie dran. Das paßte sehr gut. Ja, es konnte gar nicht besser passen. Ein junges Mädchen, an einem Sommermorgen um sechs Uhr gerade aus dem warmen Bett gekrochen – ein heftiges Beben überkam den gut aussehenden Mann.

»Heiße« Morgen im Kuhstall wurden fester Teil der Tagesordnung. Sólveig bot ihrer Schwester an freizumachen, sie würde das Melken für sie übernehmen, aber zu ihrer Verwunderung machte sie sich nichts daraus. Die Liebe erfüllte Sólveig Tag und Nacht. Er wollte sie heiraten, sobald sie alt genug war, würde sie aus dieser abgelegenen Gegend herausholen und sie mit dem Stadtleben in all seinem Glanz bekannt machen. Nichts trübte in diesem Sommer ihre Freude.

Es wurde Herbst. Die Brücke würde bald fertig sein. Aber eines Morgens erschien der schöne, junge Mann nicht zur Arbeit. Sein Pferd war auch verschwunden. »Er ist abgehauen, weil er in zu viele Liebesaffären verstrickt war«, sagten seine Arbeitskollegen und grinsten. Aber kurz nach Mittag tauchte sein Pferd auf – ohne Reiter und mit dem kompletten Sattelzeug. Plötzlich stand es einfach da, wie bestellt und nicht abgeholt. Niemand hatte bemerkt, daß es kam, und sein Besitzer war nirgends zu entdecken. Man begann nach ihm zu suchen, aber seit dem Vorabend hatte ihn niemand mehr gesehen, da war er ausgeritten, um irgendein Mädchen oder sogar irgendeine Frau zu treffen. Wer wußte es schon so genau. Schließlich wurde die Polizei eingeschaltet, aber trotz einer großangelegten Suchaktion wurde er nicht gefunden. Der junge, gut aussehende Mann war wie vom Erdboden verschluckt.

Nach und nach begannen sich Geschichten um ihn zu ranken. Er habe sich klammheimlich davongemacht, weil zwei Mädchen in der Gegend ein Kind von ihm erwarteten. Einige vermuteten, daß er umgebracht worden sei, schließlich habe so ein Weiberheld nichts Besseres verdient. Man verdächtigte einander. Hatte sich einer von ihnen des Mordes schuldig gemacht? Hatte einer von ihnen am Ende die Entscheidung gefällt und die Welt von diesem Verführer erlöst? Aber Bauer Hermundur fürchtete den Verdacht nicht. Er erzählte allen, die es hören wollten, daß der Weiberheld seinen Töchtern nie zu nahe gekommen sei. Die Frau habe gut aufgepaßt.

Die Jahre vergingen. Hermundur war schon seit einiger Zeit Witwer. Er war darüber verbittert, mit drei Töchtern allein zu leben, die die Nase über jeden Mann rümpften, der versuchte, sich ihnen zu nähern. Was sollte er mit seinem stattlichen Hof anfangen, wenn niemand da war, ihn zu übernehmen? Er hatte die mühevolle Arbeit auf dem Bauernhof satt. Er beschloß, den Hof zu verkaufen und in die Stadt zu ziehen. Der Verkaufswert war gestiegen, seit der Weg und die neue Brücke gebaut worden waren. Er ließ sich die Sache gründlich durch den Kopf gehen. Er hatte drei Töchter. Sie brauchten natürlich Arbeit. Er wollte nicht, daß sie ausgingen und ein ausschweifendes Stadtleben führten. Er brauchte sie und wollte dafür sorgen, daß das Stadtleben ihnen allen zugute käme. Er hatte auf dem Land immer großes Ansehen genossen, und das wollte er auch in der Stadt. Er wollte das Allerbeste bekommen, was die Stadt zu bieten hatte.

Nach langem Nachdenken beschloß er, ein großes, prächtiges Haus bauen zu lassen, in dem er mit seinen Töchtern wohnen könnte. Außerdem wollte er darin eine Nähstube eröffnen. An nichts sollte gespart werden. Er war kein Bauernlümmel und brauchte keine »Minderwertigkeitsgefühle« zu haben. Er hatte genug Geld und achtete gut darauf, daß die Töchter davon nichts erfuhren. Sie könnten auf den Gedanken kommen, ihr mütterliches Erbe einzufordern. Man mußte sie unter Kontrolle halten. Sie waren billige Arbeitskräfte in seiner neuen Nähstube.

Und er hatte gute Beziehungen, kannte Leute auf dem Lande, die wiederum Leute in der Stadt kannten und Kontakt herstellen konnten mit denen, die etwas zu nähen hatten. Bald schon hatte er sich einen beachtlichen Kundenstamm aufgebaut. Seine Nähstube spezialisierte sich darauf, Bettwäsche, Handtücher und Gardinen zu nähen. Man hatte in der Stadt ein Krankenhaus errichtet und ein Hotel gebaut. Dort gab es genug zu tun für seine Nähmaschinen und seine geschickten Töchter, die keinen Lohn bekamen. Außerdem übernahm er noch andere Arbeiten, Bettdecken mußten mit Daunen gefüllt werden. Das war eine Drecksarbeit, aber Sólveig, seine älteste Tochter, erledigte sie spielend. Diese Arbeit wurde sehr gut bezahlt, und es konnte nicht schaden, neben der Bezahlung noch ein paar Daunendecken zusätzlich zu haben. In einem großen Haushalt bestand immer Bedarf an leichten, guten Daunendecken. Was war behaglicher, als sich abends auf eine weiche, mit Daunen gefüllte Matratze schlafen zu legen und Daunenkopfkissen unterm Kopf und leichte Daunendecken auf sich liegen zu haben? Ja, das ließ Hermundur sich nicht nehmen. Sein Bett hielt einem Vergleich mit den Betten der Könige spielend stand, so voller weicher, herrlicher Daunen.

Die Familie machte einen guten Eindruck in dem großen, prächtigen Haus. Hermundur war es gelungen, ein größeres Baugrundstück als die meisten anderen zu bekommen, außerdem war das Haus eine Zierde des Viertels. Seine Töchter waren gehorsam, sorgfältig und bescheiden. Sie fürchteten die Stadt, setzten so gut wie nie einen Fuß vor die Tür, und er sorgte dafür, daß sie von den Versuchungen des Stadtlebens nichts mitbekamen.

Dann klingelte eines Tages das Telefon. Es war ihr früherer Landrat, Þórarinn, ein einflußreicher Mann. Er kündigte seinen Besuch an. Ja, der Familie wurde mit seinem Besuch große Ehre erwiesen. »Sei herzlich eingeladen, mein lieber Þórarinn«, rief Hermundur ins Telefon. »Einen so willkommenen Gast empfangen wir doch gern, und selbstverständlich übernachtest du bei uns, das versteht sich doch von selbst!«

Man begann, den Besuch des Gastes vorzubereiten. Es war im Grunde der erste wirkliche Gast, der sie in der Stadt besuchte. Wenn auch ab und zu die eine oder andere Alte vom Land bei ihnen vorbeigekommen war, wurde das nicht als Besuch angesehen. Aber Landrat Þórarinn, ein einflußreicher, tatkräftiger Mann, das war nun etwas anderes. Es schadete nie, die eigene Position zu stärken, und dafür mußte man jede List anwenden.

»Sólveig, du kochst das Essen, Sesselja, du bedienst am Tisch, und Sigríður, du sorgst dafür, das Gästezimmer herzurichten«, rief Hermundur. »Wir essen Hummer zur Vorspeise, Lammbraten zum Hauptgericht und irgend etwas Süßes und Köstliches zur Nachspeise. Seht nach, ob genug Cognac da ist, man darf nie versäumen, einem willkommenen Gast Cognac anzubieten.«

Es gab ein großes Hin und Her. Die Schwestern mußten ihre Näharbeiten liegen lassen, die Einkäufe erledigen, im Gästezimmer das Bett frisch beziehen und dafür sorgen, daß das ganze Haus vor Sauberkeit strahlte. Hermundur ging umher und machte seine Töchter im Befehlston auf Dinge aufmerksam, die sie noch besser in Schuß bringen sollten: »Legt eine hübschere Tischdecke auf, setzt eine stärkere Birne in die Lampe ein, schmeißt diese verdammte Filzmatte weg, das sieht ja aus wie bei armen Leuten.«

Schließlich kam Þórarinn, würdevoll und rotwangig. Er sah sich in dem schönen Haus begeistert um, aber seine Augen hielten zudem eifrig Ausschau nach Sesselja, der Zweitältesten. Er hatte dieses Mädchen schon immer hinreißend gefunden. Und dort stand sie, hübscher als je zuvor. Er gab ihr die fleischige, weiche Hand, und als sie sie ergriff, zog er Sesselja an sich und gab ihr einen Kuß – direkt auf den Mund, was für das Mädchen völlig unvermutet kam. Hermundur brach in schallendes Gelächter aus, während in Sesseljas Gesicht Abscheu und Ekel geschrieben standen. Sie faßte sich jedoch schnell wieder und bewahrte ihre Höflichkeit. Sie lächelte verlegen, machte ungeschickt einen Knicks und eilte in die Küche. »Ich sehe wohl am besten nach dem Braten.«

Sie machten es sich in tiefen Sesseln bequem. Zwei einflußreiche Männer mit dem Cognacglas in der Hand, bedient von jungen, hübschen Frauen. Sie waren satt nach einem guten, reichlichen Essen und hatten rote Wangen. Der eine war ein wenig in die Jahre gekommen, der andere jünger, dicker und einflußreicher. Er hatte ein Anliegen, nichts Wichtiges eigentlich, aber man mußte es zur Sprache bringen, ohne die angenehme Atmosphäre zu zerstören, die zwischen den beiden Männern herrschte.

»Du erinnerst dich vielleicht noch an den jungen Mann, der vor ein paar Jahren in unserer Gegend an dem Brükkenbau beteiligt war, den Mann, der spurlos verschwand?«

»Ja, wer erinnert sich nicht an diesen Teufel, der es in der Gegend mit jeder Frau getrieben hat. Was ist mit ihm?«

»Seine Leiche wurde im Frühjahr gefunden.«

»Was? Jetzt? Wo?«

»Merkwürdig war, daß sie eben am Rand der Hauswiese deines Hofes gefunden wurde.« Der Landrat sagte das so gleichgültig dahin, als ginge es ihn eigentlich nichts an.

»Wie kann das sein?«

»Wer weiß, wer weiß? Du erinnerst dich an den Steinbruch direkt bei deinen Schafställen. Oberhalb des Bruchs lag ein mit Unkraut bewachsener Erdhaufen. Im Frühjahr herrschte starkes Tauwetter. Der Erdhaufen stürzte hinunter in den Steinbruch und mit ihm die Leiche eines Mannes. Als man nachschaute, stellte sich heraus, daß es der Weiberheld war, der vor ein paar Jahren bei der Arbeit an der Brücke verschwunden war.«

»Na, so was. Das haut mich nun aber vom Hocker. Wie ist der Schuft dahin gekommen?«

»Man hat den Fall untersucht. Es sieht ganz danach aus, daß ihm der Kopf halb abgeschlagen wurde. Er kann also kaum verunglückt sein. Jemand hat offensichtlich versucht, ihn zu köpfen.«

»Es ist doch nur gut, daß er tot ist, dieser Teufel. So verführt er wenigstens nicht noch mehr Frauen, jedenfalls nicht in diesem Leben! Aber laß uns über was anderes sprechen. Das Leben läuft gut, und die Nähstube ist eine wahre Goldgrube. Jetzt soll ein neues Hotel gebaut werden, das der Bauernverband leiten wird. Du mußt doch im Verband jetzt großen Einfluß haben! Im Hotel braucht man jede Menge Bettwäsche und Handtücher, weißt du.«

»Du kannst damit rechnen, daß die Polizei dich in

den nächsten Tagen aufsuchen wird, mein lieber Hermundur.«

»Warum zum Teufel sollte sie hier aufkreuzen? Ich will in meinem Haus keine verdammten Polizisten sehen. Wozu hat man schließlich einflußreiche Freunde, wenn die Polizei plötzlich anfängt, sich bei einem wie zu Hause zu fühlen. Selbstverständlich sorgst du doch dafür, daß die Polizei nicht auf die Idee kommt, mich in einen Mordfall zu verwickeln. Alle wissen doch, daß der Schuft meinen Töchtern nie zu nahe gekommen ist. Ich will hier und jetzt keine Polizei. Zum Wohl, mein lieber Þórarinn.«

»Ich könnte vielleicht dafür sorgen, daß sie dich in Ruhe lassen. Du hast eine so verdammt hübsche Tochter, Sesselja, ihretwegen würde ich manches auf mich nehmen. Zum Wohl, mein lieber Hermundur.«

»Sesselja soll dir gehören und denke daran, eine Hand wäscht die andere. Zum Wohl, mein lieber Þórarinn.«

Vorn in der Küche saß Sesselja, leichenblaß und zitternd, und hörte das Gespräch der beiden Männer an. Sólveig kam zur Tür herein.

»Er wurde ermordet!«

»Wer?«

»Der Mann in unserem Leben.«

»Wovon sprichst du?«

»Pst! Nicht so laut! Komm mit, ich erzähle dir, was der Landrat unserem Vater gesagt hat.«

Sie schlichen in Sesseljas Zimmer, schlossen die Tür hinter sich und setzten sich aufs Bett. Sesselja erzählte mit gedämpfter Stimme, was sie den Landrat hatte sagen hören. Ihre Schwester Sólveig starrte sie an, als würde sie ihren eigenen Ohren nicht trauen. Dann brach sie in Tränen aus.

»Deshalb kam er nicht«, flüsterte sie. »Er hatte mir versprochen zu kommen, aber er kam nicht. Ich wußte, daß er mich nicht betrogen hatte. Er liebte mich so sehr.«

Sesselja sah ihre Schwester finster an. Sie wollte noch etwas hinzufügen, aber es war, als könnte sie kein Wort herausbringen. Schließlich sagte sie, wobei ihre Stimme anders als sonst klang: »Sólveig. Ich muß dir etwas sagen, was ich noch niemandem erzählt habe.«

Sólveig starrte ins Leere. Sie war mit ihren Gedanken weit weg, weit weg von diesem Zimmer, weit weg von der Stadt.

»Sólveig. Du mußt mich anhören.«

Sólveig schlug die Hände vor das Gesicht und weinte leise. »Tot«, flüsterte sie.

»Du mußt mir jetzt zuhören, sonst verliere ich noch den Mut«, sagte Sesselja voller Verzweiflung. Sie ergriff die Hand ihrer Schwester und sah ihr in die Augen. »Hör!«

Sólveig schniefte, wischte sich die Tränen aus den Augen und nickte. »Ich höre.«

Sesselja blickte zu Boden. Ihre Stimme bebte ein wenig, als sie zu sprechen begann: »Es war an einem naßkalten Sonntagmorgen im Spätsommer. In dieser Woche war ich mit dem Melken dran. Ich wäre gern noch länger im Bett geblieben, als in dieser Kälte in den Stall zu gehen. Ich habe Dimmas Schwanz festgebunden, den Melkschemel genommen und mich hingesetzt – ich habe ja mit nichts Schlimmem gerechnet. Während ich dort in der Morgendämmerung saß, flüsterte plötzlich jemand ›Guten Tag, hübsches Mädchen‹. Ich erschrak zu Tode, freute mich aber, als ich sah, daß er es war – so schelmisch, gut aussehend und entzückend. Sein Lächeln hat mich vollkommen gefangen genommen. Ich hatte ihn vorher schon oft gesehen, aber noch nie mit ihm gesprochen. Er kam zu mir, beugte sich hinab und strich mir durch die Haare. Ich hatte sie noch nicht geflochten, und sie waren ziemlich unordentlich. Zärtlich strich er mir über den Kopf, während der weiße Milchstrahl aus den Zitzen der Kuh spritzte.«

»Hör auf!« schrie Sólveig. »Schluß mit dieser Lüge. Das ist doch eine Lüge?«

»Nein, und du weißt, daß es wahr ist. Du wußtest es immer. Wir beide wußten es, aber wir wollten nicht darüber sprechen, wir wollten nicht, daß es wahr ist.«

Sesselja umarmte ihre Schwester. »Aber das ist die Wahrheit, und jetzt, wo er tot ist, müssen wir darüber reden, denn sonst wird alles nur noch schwieriger. Wir haben jetzt so lange mit der Lüge gelebt. Bitte, laß mich weitererzählen. Du weißt, daß ich die Wahrheit sage.«

Sólveig schluchzte und nickte. »Erzähl weiter.«

»Auf einmal ging er weg, kam mit dem anderen Melkschemel zurück und setzte sich hinter mich. Er war mir so nahe, daß ich seinen Atem an meiner Wange und an meinem Hals spürte. Er fuhr fort, mir durch die Haare zu streichen, und dann fing er an, meinen Hals zu küssen. Ganz leicht und zärtlich. Es war, als würde er mich in eine andere Welt entführen. Seine Küsse wurden heißer, und seine Hände strichen leicht über meine Brüste – die waren noch so empfindlich, ich war ja gerade eben erst vierzehn geworden. Wie in Trance zog ich an Dimmas Zitzen und wünschte mir, daß dieser Augenblick nie enden würde. Seine Hände wurden immer leidenschaftlicher. Zu Anfang schreckte ich ein wenig zusammen, aber er wußte genau, was er tat, und nach und nach war es, als würde er mich melken, während ich Dimma melkte. Ich spürte ein seltsames Verlangen, hörte auf, die Zitzen zu drücken, drehte mich zu ihm um und küßte ihn. Er war rücksichtsvoll, zärtlich, einfach alles, was man sich wünschen kann. Ich vergaß Zeit und Ort, und als er seinen Arm unter meine Kniekehlen schob und mich hochhob, schien es mir nur natürlich. Er trug mich in die Scheune, legte mich ins duftende Heu, zog mich oben aus und saugte leicht an meinen Brustwarzen. Meine Lust war so groß, daß ich mich nicht wehrte, als ich spürte, daß seine Hand unter mein Kleid fuhr und mich erregte. Erst als ich spürte, wie er in mich eindrang, vorsichtig, aber bestimmt, bemerkte ich, daß er sich ausgezogen hatte.«

»Hör auf, hör auf«, zischte Sólveig. »Du sprichst gerade von dem Mann, der mich heiraten wollte, von dem Mann, der nur mich liebte. Du mußt gelauscht haben, als wir zusammen waren, du beschreibst bis ins kleinste, wie er mit mir schlief, wie kannst du es wagen ...?« Sie starrte ihre Schwester wild an.

»Sólveig, es ist wahr. Er sagte, daß er auch mich lieben würde, sagte, daß er sich nicht zwischen uns beiden entscheiden könne. Er wolle ein paar Jahre warten, dann könne er zwischen uns beiden wählen, dann sei er sich darüber im klaren, wen von uns beiden er mehr liebe.«

Sólveig war leichenblaß geworden und bebte am ganzen Körper. »Ich weiß, daß es so war«, flüsterte sie. »Ich wußte es die ganze Zeit, aber ich wollte nie darüber sprechen, wollte es nicht wahrhaben. Er hat unsere Herzen gebrochen. Es ist gut, daß er tot ist. Ich hasse ihn. Ich hoffe, daß er zur Hölle gefahren ist.« Sie weinte und schluchzte.

»Wir wußten doch auch die ganze Zeit, daß er noch

andere Frauen hatte als uns. Er war hinter jedem Rock her. Eigentlich wußten wir es beide die ganze Zeit, nicht wahr?«

Sólveig nickte.

Sesselja umarmte ihre Schwester. Sie starrten vor sich hin, erniedrigt, verletzt und voller Haß. Keine von ihnen hatte Sigríður, die jüngste Schwester, bemerkt, die eine Weile in der Tür gestanden hatte. Ihr schneeweißes Gesicht war zerbrechlich wie das einer Porzellanpuppe. Sie sah ihre Schwestern an, schloß die Tür hinter sich und sagte heiser:

»Unser Vater hat ihn umgebracht. Draußen in der Scheune. Er hat ihm fast den Kopf abgehackt. Das Blut ist in alle Richtungen gespritzt. Überall in der Scheune war Blut. Blut, Blut, Blut. Sein Kopf hing zur Seite, und seine Augen starrten mich an. Er hat ihn umgebracht, und ich war froh darüber.«

Die Schwestern blickten einander an. Sie hörten die Männer, die im Wohnzimmer saßen und Cognac tranken, laut lachen. Zwei einflußreiche Männer, die über ein Glas Freundschaftsverträge abschlossen.

Sólveig hielt ihrer Schwester die Hand hin und machte ihr Platz. Drei Schwestern auf dem Bett. Drei Schwestern, die jede auf ihre Weise das Grauen erlebt hatten.

»Was hast du draußen in der Scheune mit ihm gemacht?«

»Er kam eines Abends zu mir, als ich gerade den Stall ausmistete, genauso, wie er auch zu euch gekommen ist. Aber ich hatte Angst. Ich war doch gerade mal zwölf. Er war groß und bedrohlich. Er trug mich in die Scheune, und als ich versuchte zu schreien, küßte er mich auf den Mund und steckte seine Zunge hinein. Er riß mir die Kleider vom

Leib und nahm mich. Ganz. Er war ein Tier, ein schwarzes Tier, das sein Gift in meinen Körper spritzte. Er hielt mich eisern. Und auf einmal stand Vater über uns. Er hielt einen Spaten in der Hand. Er schwang ihn über uns. Ich konnte ausweichen und wegkriechen, aber er bekam den Schlag ab. Er versuchte aufzustehen, aber inzwischen hatte Vater noch einmal ausgeholt und traf seinen Hals mit voller Wucht. Der Spaten war messerscharf. Und das Blut, das Blut, all das Blut. Ich kroch und kroch. Ich kroch in eine Ecke der Scheune und vergrub mich. Ich wollte nichts mehr sehen und hören. Dann kam irgendwann Mutter und holte mich. Ich mußte ihr versprechen, niemals zu erzählen, was geschehen war. Niemandem. Aber in mir fing etwas an zu wachsen. Ein Ungeheuer. Sie haben mich weggeschickt, zu einem Ehepaar im Norden. Das Paar meinte es sehr gut mit mir. Ich durfte euch nichts erzählen. Ihr habt geglaubt, daß ich dieser Frau, einer alten Freundin von Mutter, helfen würde. Ihr habt geglaubt, daß sie ein Kind bekommt und ich ihr im Haushalt helfen soll. Dabei war ich es, die etwas bekam. Als es sich aus mir herauszwängte, war es, als würde ich in tausend Stücke zerrissen. Ich wollte nie sehen, was es war. Nie. Ich konnte mir nie vorstellen, daß es ein Kind gewesen ist, wenn ich auch heute manchmal daran denke. Aber damals – damals haßte ich es und wollte es nicht sehen. Ich wollte es nur vergessen.«

Die Schwestern starrten Sigríður bestürzt an. Sie saß dort und war ganz ruhig. Es war, als hätte sie sich von einer schweren Last befreit. Wie hatte sie nur all diese Jahre schweigen können. Sie hatten immer geglaubt, daß sie ganz einfach von Natur aus still sei. Sie wußten, daß sie oft Albträume hatte, aber wer hatte nicht manchmal einen Albtraum? Sie weinte schnell. Sie hatten sie manchmal gehänselt und Heulsuse genannt. Jetzt saßen sie nur steif da und hielten sich bei den Händen.

Nach diesem Tag änderte sich alles. Die Töchter waren nicht mehr so fügsam wie zuvor. Sie wurden unhöflich, und als Landrat Þórarinn das nächste Mal zu Besuch kam, waren sie richtig frech. Er wollte Sesselja Geschenke und Blumen bringen, doch sie ging einfach hochmütig weg und schlug ihm die Tür vor der Nase zu. Der Vater wußte nicht mehr aus noch ein. Er hatte doch alles für die Mädchen geopfert, ihnen ein prächtiges Haus gebaut und ihnen eine gute Arbeit beschafft. War das jetzt der Dank? Er stieß wilde Drohungen aus, aber es half alles nichts. Sie arbeiteten schlecht, antworteten ihm mit vollem Mund und verlangten obendrein noch Lohn.

Es wurde Weihnachten. Über allem lag Schnee. Ein hübsch geschmückter Weihnachtsbaum stand im Flur, Weihnachtsmusik erfüllte das ganze Haus, und die Stimmung war feierlich. Landrat Þórarinn hatte sich angekündigt. Er wollte Weihnachten mit der Familie verbringen und hatte große Pläne. Er hatte nicht nur kostbare Weihnachtsgeschenke für alle Schwestern besorgt, sondern wollte auch um Sesseljas Hand anhalten und hatte aus dem Anlaß einen unverschämt teuren Ring für sie gekauft. Er hatte einige Tage zuvor angerufen, und da hatte Hermundur ihn bestärkt: Das Mädchen könne gar keinen besseren Mann kriegen und alles komme in Ordnung, er werde schon dafür sorgen.

»Nie hast du herrlicheren Weihnachtsschmuck gesehen als in unserem hübschen Haus, und vom Cognac wirst du nicht enttäuscht sein, mein lieber Þórarinn. Nur das Beste für meinen zukünftigen Schwiegersohn. Du hast dein Wort gehalten, und ich werde mein Wort halten. Und meine Tochter – sie ist vorbereitet. Ich habe dafür gesorgt. Du brauchst sie nur unterm glitzernden Weihnachtsbaum zu erwarten, überreichst ihr dann schöne Geschenke, und das Mädchen gehört dir!«

Þórarinn überkam ein Glücksschauer, wenn er an Hermundurs Worte dachte. Er klingelte an der Tür und mußte eine ganze Weile warten, bevor ihm geöffnet wurde.

»Fröhliche Weihnachten«, rief er und trat mit dem Arm voller Weihnachtsgeschenke energisch in den Flur.

Aber er bekam keine Antwort. Das blasse Porzellangesicht der jüngsten Schwester sah ihn ausdruckslos an. Sie hielt die Haustür offen, so daß der Schnee ins Haus hineinwirbelte.

»Was – was ist los?« fragte Þórarinn besorgt.

»Wir können leider keine Gäste empfangen. Unser Vater ist verstorben«, sagte das Mädchen traurig und maß ihn mit kalten Blicken.

»Verstorben? Verstorben? Das verstehe ich nicht. Wann ist er denn gestorben? War er denn krank? Was ist passiert?«

»Er hat sich in den Daunendecken verfangen, mit denen er geschlafen hat«, sagte Sólveig, die älteste Tochter, die jetzt mit strenger Miene im Flur erschien. »Ich habe ihm immer wieder gesagt, wie gefährlich es sei, mit all diesen Daunendecken und Daunenkopfkissen zu schlafen, am Ende werde er noch darin ersticken. Selbst seine Matratze war mit Daunen gefüllt. Und ich habe recht behalten. Als wir heute morgen zu ihm kamen, war er vollkommen in diesen Bettdecken, diesen Kopfkissen und dieser Matratze verstrickt, und es war nicht einfach, ihn daraus zu befreien, kann ich dir sagen, ganz und gar nicht einfach.« Kühl wies sie dem Landrat die Tür. »Wir können leider keine Gäste empfangen.«

Unni Lindell | Selbstgemachter Wein

Ragnhild Mogens stieg am Beginn des Eplevei aus dem Bus. Die kleinen Holzhäuser lagen in den kleinen gepflegten Gärten in Reih und Glied. Nr. 15 war moosgrün. Das Gärtchen war übersät von rosa Blüten. In einer Woche würden sie verschwunden sein.

Ragnhild Mogens seufzte leise. Alles ging so schnell. Die rosa Blüten an der Hecke, die Margeriten im Beet, das grüne Gras. In wenigen Wochen würde alles verwelkt und gelb sein. Genau wie ich, dachte sie verbittert und wischte sich auf der Matte vor der Haustür sorgfältig die braunen Schuhe ab.

Und hängte ihren grauen Mantel ordentlich auf. Musterte sich im kleinen Spiegel über dem Telefon und fuhr sich mit den Fingern durch die Haare. Auch die waren grau.

Bald darauf kochten die Kartoffeln. Der Fisch lag in der Pfanne. Gleich würde Arthur die Tür öffnen. Nach dreißig Jahren kannte sie seine Gewohnheiten. Die änderten sich nie. Von der Arbeit nach Hause kommen, kochen. Mit Arthur zusammen essen. Die Zeitung lesen. Fernsehen.

Ein unfreiwilliges Geräusch löste sich aus ihrem Mund. Eine Art Schluchzen. Sie griff sich an die Stirn und wendete mit der anderen Hand den Fisch. Die Türklinke bewegte sich. Arthur stand in der Diele.

»Hallo.« Seine Stimme klang wie immer. Nicht froh, nicht traurig. Sie klang nach nichts, war einfach nur leise und grau. Sie brachte es fast nicht über sich, seinen Gruß zu erwidern.

Sie aßen schweigend. Arthur sagte nichts über den Fisch. Nicht, daß er gut schmecke, nicht, daß er scheußlich sei.

Zu Anfang, kurz nach ihrer Hochzeit, hatte Ragnhild ihm immer wieder zugesetzt, um ihn zum Reden zu bringen. Wie findest du dies, Arthur? Wie siehst du jenes? Aber Arthur hatte nie irgendeine Meinung gehabt. Er stimmte allem zu und verzieh alles. Ein lieber Mann, sagten alle. Ihre Freundinnen beklagten sich immer wieder über ihre streitsüchtigen Ehemänner, die kommandieren und ihre Frauen tyrannisieren wollten. Solche Probleme hatte Ragnhild nicht. Im Gegenteil. Sie traf alle Entscheidungen und wurde ziemlich selbständig.

Verliebt war sie vor dreißig Jahren gewesen. Er war damals ein fescher Mann, ihr Arthur. Und sie selber brauchte sich auch nicht zu beklagen. Aber das war jetzt lange her, fast ein ganzes Leben. Sie hatten niemals Kinder bekommen, wer immer daran schuld sein mochte. Damals hatte man nicht über solche Themen gesprochen. Niemand setzte ihnen zu oder quälte sie mit Fragen. Arthur nahm die Kinderlosigkeit hin, als sei sie ganz normal.

Ragnhilds Gefühle für Arthur verwandelten sich zuerst in Gleichgültigkeit, dann in Wut und Aggression und schließlich in Haß. Arthurs törichtes Lächeln jagte ihr kalte Schauer über den Rücken. Sie wurde gemein, weil er so lieb war. Gemein und hungrig auf das Leben.

Zu ihrem fünfzigsten Geburtstag lud sie drei Damen zum Tee, drei alte Freundinnen. Vera, die geschieden und neu verheiratet war. Johanne, die Junggesellin geblieben war und in ihrem Urlaub allein ans Mittelmeer fuhr. Und die immer mit einem geheimnisvollen Lächeln auf den Lippen zurückkehrte. Und Ågot, die mit einem Bankdirektor verheiratet war und sich immer nach der neuesten Mode kleidete.

An ihrem fünfzigsten Geburtstag hatte Ragnhild eine nach der anderen betrachtet. Sie spürte, wie ihr Haß auf Arthur immer stärker wurde. Was erlebte Johanne wohl jedes Jahr am Mittelmeer? Wie hatte Vera es geschafft, eine zweite Ehe zu schließen, noch dazu mit einem recht wohlhabenden und gut aussehenden Mann? Und wie konnte Ågot es wagen, lila und knallgrüne Hosenanzüge und Kleider zu tragen?

Ragnhild fühlte sich ausgeschlossen. In allen Punkten fühlte sie sich ausgeschlossen. Und daran war der langweilige, graue Arthur schuld. Da war sie sich ganz sicher. Er war ein Klotz am Bein, ein Hindernis. In der folgenden Nacht träumte sie lauter Gemeinheiten über Arthur. Am nächsten Morgen erwachte sie in Schweiß gebadet.

Ein Korn war gesät worden. Die Vorstellung, daß das Leben trotz allem noch nicht zu Ende war. Der Gedanke hatte sich erstmals im Frühling zu Wort gemeldet, damals, als sie im Blumenbeet Margeriten ausgesät hatte. Die Margeriten verwelkten jetzt, Arthur dagegen befand sich bei bestem Wohlergehen.

Einmal im Monat trafen die vier Freundinnen sich in der Stadt, in der Konditorei Nora. Und zwar an Ragnhilds freiem Tag. Einmal im Monat konnte sie sich von ihrem Posten im lokalen Postamt freinehmen. Sie arbeitete dort seit fünfzehn Jahren. Nach fünfzehn langen Jahren als Hausfrau, die Arthur und die Katze versorgt hatte.

Es war September. Sie saßen an ihrem Stammtisch am Fenster, jede hatte sich ein Butterbrot und eine Tasse Kaffee geholt. Ragnhild sagte nicht viel, sie hatte nicht viel zu sagen. Die anderen sprachen über Reisen, Kleider und Kurse. Plötzlich hörte Ragnhild, daß das Thema Wein zur Sprache gekommen war. Es war jetzt so modern, selber Wein herzustellen. In großen Glasballons. »Ach, und wie gut der schmeckt«, schwärmte Johanne den anderen vor. Auch Vera produzierte seit zwei Jahren ihren eigenen Wein. Ågot und Ragnhild wurden sofort ausgiebig über das Verfahren belehrt und erhielten die Adresse eines Ladens, in dem die Rohwaren zu haben waren. Am folgenden Samstag gingen sie zusammen dorthin.

Arthur rauchte Pfeife, als sie aufbrach. Er fragte nicht nach ihrem Vorhaben. Der Laden lag in einer Seitenstraße. Ragnhild wußte nicht, was sie erwartete, aber sie hatte nicht damit gerechnet, daß alle Zutaten in einem kleinen Karton liegen würden. Sie bezahlte zweihundert Kronen dafür. Dann verabredete sie mit Ågot, daß sie abends miteinander telefonieren und erzählen wollten, wie alles gelaufen war.

Der Keller war kalt und ungemütlich, deshalb stellte Ragnhild eine kleine Heizsonne auf. Der Wein sollte schließlich nicht frieren. Im Laden hatte sie erfahren, sie könne auch eine Plastikwanne oder eine große Kanne anstelle eines Weinballons verwenden. Das Traubenkonzentrat mußte in kochendem Wasser verrührt und mit zwei Kilo Zucker angereichert werden. Sie trug den dampfenden Kessel mit dem Zuckerwasser die steile Treppe hinunter. Als sie alles in die Wanne gegossen hatte, waren noch zwei kleine Tüten übrig, die irgendein Pulver enthielten. Auf der größeren stand: »Stabilisierungssäure«, auf der kleineren ... sie traute ihren Augen nicht ... Schwefel!

Schwefel? Enthielt Wein denn Schwefel? Sie wiegte die Tüten eine Weile in ihrer Hand, ehe sie das Stabilisierungspulver in die Wanne gab. Die Schwefeltüte schob sie in ihre Schürzentasche. Sie wußte eigentlich gar nicht so recht, warum.

Erst später an diesem Abend schlug sie im Lexikon unter S nach. Dort stand allerlei über Schwefel. Das meiste war nicht weiter interessant, doch ganz unten hieß es, Schwefel sei giftig für Mensch und Tier, und wenn Schwefel in Fischteiche gerate, könnte der gesamte Fischbestand umkommen.

Sie klappte das Buch zu und stand auf. Arthur blickte sie über den Brillenrand hinweg an. An diesem Abend hatte es Haferbrei zum Abendessen gegeben. Arthur liebte Haferbrei über alles. Danach gingen sie früh schlafen.

Im folgenden Monat traf Ragnhild ihre Freundinnen wieder in der Konditorei Nora. Sie saßen an ihrem Stammtisch und redeten über Gott und die Welt. Ragnhild trug ein neues Kleid, ein hellblaues mit weißen Blümchen. Vielleicht ein wenig sommerlich, aber egal. Ihr neues Brillengestell war nämlich in Blautönen gehalten, und das Kleid sollte doch dazu passen ...

Auf dem Heimweg ging sie beim Weinladen vorbei und kaufte zwei neue Weinpackungen. Sie brauchte außerdem neue Wannen. Der Mann hinter dem Tresen lächelte sie freundlich an.

»Wer erst einmal auf den Geschmack gekommen ist«, sagte er lächelnd.

Ragnhild lächelte strahlend zurück. Es war gar nicht leicht, alles nach Hause zu schaffen, aber sie konnte ihre Last dann doch aus dem Bus bugsieren. Das herbsttrockene Laub auf dem Gartenweg raschelte unter ihren Schritten.

Sie ging in den Keller und machte sich sofort an die Weinproduktion. Danach schüttelte sie die beiden Plastikwannen, die schon seit einem Monat dort standen. Sie drehte den Verschluß heraus und schnupperte. Das Aroma strömte ihr entgegen.

»Köstlich«, sagte sie halblaut.

Während das Essen auf dem Herd vor sich hinblubberte, ging sie in das kleine Schlafzimmer und öffnete Arthurs Nachttischschublade. Sein grünes Sparbuch leuchtete ihr entgegen. Vorsichtig schlug sie es auf. Er hatte schon wieder viertausend Kronen eingezahlt. Dieser Schelm. Was mochte er da wohl vorhaben? Jetzt hatte er schon achtzigtausend Kronen auf der hohen Kante. Dachte er an ihren gemeinsamen Lebensabend? In drei Jahren würde er in Rente gehen. Sie könnte sich ja eigentlich scheiden lassen, sie hatte ihn doch so satt. Aber was würde dann mit seinem fetten Sparbuch passieren?

Zum Abendessen gab es erst Spargelsuppe und dann Fischfrikadellen. Arthur langte wie immer mit gutem Appetit zu, erzählte ihr allerdings, er habe an diesem Tag den Betriebsarzt aufgesucht. Er habe sich seit einiger Zeit nicht ganz wohl gefühlt. Ihm wäre schwindlig, er wäre schlapp. Und ab und zu hätte er auch Magenschmerzen. Ragnhild räumte den Tisch ab. Beim Abwasch versuchte sie, ihn zu beruhigen. »Das kommt schon wieder in Ordnung, warte nur.«

In der folgenden Woche bat Ågot zum Damentee. Es gab Brote und Kuchen und als Dessert ein Glas von Ågots selbst gemachtem Wein. Den hatte sie zwar erst vor drei Monaten angesetzt, aber er schmeckte trotzdem gut. Aromatisch und anregend.

Ragnhild kam sich leicht beschwipst vor, als sie die breite Treppe vor der Villa des Bankdirektors hinunterstieg. Sie trug neue Stiefel, elegante Lederstiefel. Die hatte sie sich bei einem Ausflug in die Stadt gegönnt. Sie hatte gedacht, etwas müsse sie sich gönnen können, jetzt ... ehe ... damit die Umstellung nicht gar so groß sein würde, wenn sie demnächst mehr Geld hätte.

Zu Hause probierte sie dann ihren eigenen Wein. Sie konnte keinen Unterschied feststellen. Und sie hätte gern gewußt, wozu der Schwefel gut sein sollte.

Es war ein langer, harter Winter. Der Schnee fiel nur so vom Himmel, und die Kälte wollte einfach nicht nachlassen. Arthur Mogens wurde immer schwächer, und kein Arzt konnte begreifen, was ihm fehlte.

»Frühjahrsmüdigkeit«, erklärte Ragnhild mit Überzeugungskraft. »Einfach nur Frühjahrsmüdigkeit.« Krokus und Tulpen gingen vor dem Eplevei 15 auf. Ragnhild hockte im Garten. Dann trank sie in der Tür einen Kaffee im Stehen, ehe sie weiter das alte Laub vom Rasen entfernte.

Arthur lag vor seinem Tod drei Wochen im Krankenhaus. Die Ärzte konnten den Grund seiner Krankheit nicht feststellen. Virus, schlug schließlich einer vor.

Nach der Beerdigung blühte Ragnhild auf. Sie kaufte sich neue Kleider und fuhr mit Johanne ans Mittelmeer. Sie genossen die langen Sandstrände. Die Sonnenbräune stand Ragnhild gut, sie sah damit wirklich jünger aus.

Das Haus hatte sie verkauft. Eine kleine Wohnung, die nicht viel Arbeit machte, sollte ihr künftiges Zuhause sein. Sie lud ihre Freundinnen zu einem Abschiedsfest in den Eplevei 15.

Ågot, Johanne und Vera trafen um sieben Uhr gleichzeitig dort ein. Sie saßen am kleinen Eßtisch und tranken Cachet Rouge, leckeren, fertiggekauften Wein. Der Selbstgemachte stand in Flaschen im Keller. Ragnhild konnte inzwischen weder seinen Anblick noch seinen Geschmack ertragen.

Vera verbreitete sich wütend über ihren Mann. Sie war davon überzeugt, daß er fremd ging. Danach setzten sie sich auf das graue Sofa und nippten zum Kaffee an einem guten Cognac.

Plötzlich ging die Türklingel. Zwei Männer in hellen Sommeranzügen baten, hereinkommen zu dürfen.

»O Himmel«, sagte Ragnhild laut. »Was wollen Sie? Wir lassen doch keine fremden Männer ins Haus.«

Der eine Mann steckte die Hand in die Tasche und zog eine kleine Karte hervor. »Polizei«, sagte er ein wenig schroff.

»Was wollen Sie?« Ragnhild merkte, daß ihre Stimme unsicher wurde.

»Nur ein wenig plaudern«, sagte der Ältere. Er bat die Damen sitzen zu bleiben. Er selber nahm auf einem Eßzimmerstuhl Platz. Der andere Mann blieb stehen.

»Wir würden gern ein paar Fragen stellen«, sagte der Ältere und nickte Ragnhild zu, sie sollte sich aufs Sofa setzen.

Zögernd nahm sie ganz an der Kante Platz.

»Die Gerichtsmedizin ist zu dem Ergebnis gelangt, daß

Ihr Mann, Arthur Mogens, vergiftet worden ist«, sagte er langsam und ließ sie dabei nicht aus den Augen. »Mit Schwefel«, fügte er leise hinzu.

Ragnhild merkte, daß sie erbleichte. »Wie entsetzlich«, konnte sie mit Mühe stammeln. Ihr Entsetzen war wirklich echt.

»Wie grauenhaft«, hörte sie die anderen wild durcheinander rufen. »Furchtbar!«

Der jüngere Polizist fragte, ob er sich ein wenig umsehen dürfe. Er ging in die Küche und wühlte in den Schubladen. Ragnhild hörte, daß er alle Schränke öffnete, sogar den Kühlschrank. Danach ging er in den ersten Stock.

Ragnhild trank einige Schluck Cognac und fragte den anderen Polizisten, ob er eine Vorstellung habe, woher der Schwefel gestammt haben könne. Er starrte sie an. »Nein, noch nicht«, antwortete er ruhig.

Dann gingen sie in den Keller. Ragnhild vorweg, gefolgt von den beiden Polizisten. Die Flaschen funkelten in der Dunkelheit, mindestens hundertfünfzig Flaschen. Die Glühbirne unter der Decke war durchgebrannt. Einer der Männer bot an, eine neue zu holen. Sie sagte ihm, wo sie die Glühbirnen aufbewahrte.

Endlich war die neue Birne eingedreht und der jüngere Mann drückte auf den Lichtschalter. Die Flaschen standen in Reih und Glied im Regal. »Ach«, riefen die beiden Männer wie aus einem Munde.

Und dann hörte Ragnhild plötzlich Veras Stimme: »Aber liebe Ragnhild! Was hast du denn gemacht?« Bestürzt zeigte sie auf die Flaschen.

»Gemacht?« Ragnhilds Stimme zitterte. »Wie meinst du das?«

»Siehst du nicht den ganzen Schimmel?«

Ragnhild betrachtete den grünen, zottigen Schimmel, der unter den Korken die Weinoberfläche bedeckte.

»Aber um Himmels willen«, rief sie verdutzt. »Wie kann das denn passiert sein?«

»Mein Herzchen«, sagte Vera entsetzt und starrte sie an. »Du hast keinen Schwefel hineingegeben!«

Irgendwann kommt immer der Punkt, wo man einfach keinen Nerv mehr hat. Ich will auch ein Leben haben, zum Henker! Warum können immer nur die anderen ans Mittelmeer fahren und sich jeden Abend in der Stadt voll laufen lassen? Man kann im Laden herumstehen und zusehen, wie Leute ganze Einkaufswagen voller Weihnachtsleckereien bezahlen, wie sie berstend volle Brieftaschen hervorziehen und einen Hunderter nach dem anderen herausfischen. Nicht nur die Mannsbilder, sondern auch die Frauen. Alle haben sie dicke Brieftaschen. Und sie können doch nicht allesamt Geschäftsführer sein, sondern müssen ziemlich normale Jobs haben und die gleichen Rechnungen kriegen wie ich. Vielleicht hätte ich mir ja doch ein paar Kinder zulegen und Kindergeld kassieren und jede Menge Steuern sparen sollen. Es könnte doch nett sein, ein Kind zu haben, und meine Mutter quengelt auch dauernd rum, ich solle mir einen Mann suchen und ihr Enkel verschaffen. Aber irgendwie komme ich nicht so richtig in die Gänge.

An Männern fehlt es ja eigentlich nicht. Es fehlt nur an den richtigen Männern. An denen, die ich mir so im Alltag hier im Haus vorstellen kann, mit denen zusammen ich die normalen Dinge machen will. An denen fehlt's. Aber Salonlöwen gibt's genug. An Schwätzern über Whiskey und Soda herrscht kein Mangel. Von denen, die mir über die Hüften streichen, wenn wir die Tanzfläche verlassen, wimmelt es nur so. Aber einer, der mich mit Rosen und Champagner auf der Wochenstation besucht? Einer, mit dem ich romantische Weihnachtsferien im Hochgebirge verbringen kann und der mich so sehr liebt, daß ich keine Wimperntusche brauche, ehe ich ihm morgens unter die Augen trete? So einen finde ich nicht, obwohl ich immer wieder meine Kronen zusammenkratze und in die Stadt gehe und suche. Solche Männer sind einfach spurlos verschwunden. Vielleicht sind sie zu Hause und wechseln Windeln? Eine Frau aus der Wäscherei, wo ich arbeite, meinte, ich solle einen Kurs machen, mir dabei einen Mann suchen. Das hab ich dann auch getan. Nach langem und gründlichem Nachdenken ging mir auf, daß Porzellanmalerei und Blumenstecken keine gute Idee wären. Da wird's ja wahrscheinlich nicht gerade Männer in Hülle und Fülle geben. In einem meiner genialen Augenblicke sah ich deshalb ein, daß ich meinen Kurs in einer männlichen Umgebung absolvieren mußte. Ich dachte schon an einen Autoreparaturkurs, aber das gab ich dann auf, wo ich doch gar kein Auto habe. Und Fliegenbinden will ich nicht, was soll ich mit einem Haufen Fliegen, wo ich Fische hasse und lieber ein vor Blut triefendes Steak zu mir nehme, das die Béarnaise rosa färbt?

Und dann hatte ich die Lösung: Waffen. Ich wollte schießen lernen. Und das tat ich dann auch. Wurde eine richtig gute Schützin. Lieh mir anfangs eine Waffe, eine französische Pistole, zweiundzwanzig Kaliber, und kaufte mir dann später selbst eine, vom selben Typ, das Gewicht gefiel mir, die Form. Aber zurück zu den Mannsbildern. Auch im Schießkurs konnte ich keinen passenden finden. Entweder waren es total stinklangweilige Heinis, die sich eben erst vom Sofa erhoben hatten, um vor den Fernsehnachrichten ein wenig Spannung in ihren Alltag zu bringen, oder es waren Machos. Und Machos kann ich nicht ausstehen, Männer mit Muskeln an Stellen, die nie für Muskeln vorgesehen waren. Aber ich lernte schießen. Bekam meinen Waffenschein, fand die knisternde Stille in der Schießkabine wunderbar, das Gefühl der Waffe in der Hand, die Spannung, wenn ich danach die Schießscheibe überprüfen sollte.

Es war allerdings ein teurer Spaß. Munition. Das Geld für die Pistole hatte ich mir bei der Bank geliehen. Ich war nämlich an einem Punkt angekommen, wo ich keinen Nerv mehr hatte, wollte nicht mehr sparen und knausern. Rund um die Uhr dachte ich an Geld, brauchte unglaublich viel Gehirnkapazität, um alles aufzuzählen, was ich mir nicht kaufen oder woran ich nicht teilnehmen konnte. Ich sah ein, daß ich mir einfach Geld verschaffen mußte. In mir wuchs ein wahnsinniges Verlangen, ich konnte die Augen schließen und Bündel von Tausendern zwischen den Fingern fühlen, und bei dieser Vorstellung brach mir der Schweiß aus, ich sah ganze Hallen voller Geld vor mir, wo ich an den Regalen entlangging und mir die saubersten Scheine aussuchte ...

Ich beschloß, Geld zu stehlen. Nicht ein bißchen Geld, sondern viel Geld, weil ich ja wußte, daß es ein einmaliges Unternehmen sein würde. Ich mußte gleich beim ersten Versuch richtig zuschlagen. Und plötzlich hatte mein Leben einen Sinn.

Ich glaube, sie waren die glücklichste Zeit meines Lebens, diese Adventswochen, in denen ich meinen Coup vorbereitete. Mein Plan sah aus wie folgt: Ich wollte mich als Mann verkleiden und kein Wort sagen, ich wollte nur einen Zettel mit der Aufschrift »Her mit dem Geld, und zwar sofort!« vorzeigen. Ich wollte Tarnkleidung und eine Strumpfmaske tragen, und das alles schaffte ich mir an, indem ich meine Miete nicht bezahlte. Eine Waffe hatte ich, und normale Menschen wissen ja nicht, daß es sehr schwer ist, mit einer 22er-Pistole einen Menschen umzubringen. Wichtig war, daß meine echt war. Ich entschied mich für eine kleine Bankfiliale, am letzten Freitag im Advent, wenn sie bestimmt jede Menge Kohle gebunkert hatten, weil die Leute ihren Weihnachtsbraten kaufen wollten. Eine große Bank kann schnell unübersichtlich werden, mit Wachen in Zivil und Alarmsystemen und anderen Gemeinheiten. Und ich hielt eine Filiale mitten in der Innenstadt für sinnvoller, denn danach könnte ich mich unter die Leute auf der Straße mischen und brauchte mich nicht auf den Fluchtwagen zu verlassen, den ich gar nicht besaß. Sicher, ich weiß, daß sie Alarmknöpfe und so was haben, aber auch daran hatte ich gedacht: Ich wollte eine Geisel nehmen und drohen, sie zu erschießen. Und dann würden die Finger doch einen Bogen um diese blöden Knöpfe machen. Ihr begreift jetzt vielleicht, wie verzweifelt ich war, wo ich sogar eine Geisel nehmen wollte. Aber Geld kann wirklich zur Besessenheit werden, wenn man es nicht hat. Wenn man sieht, wie das Leben vorüberzieht und man selbst nicht mitmachen kann. Wenn die Mädels beim Job Stapel von verwackelten Urlaubsbildern vom Mittelmeer zeigen und auf dunkle Mannsbilder tippen und kichern und rot werden. Herrgott! Und die Klamotten! Ich freute mich darauf, mir Klamotten zu kaufen. Und einen Computer, damit wollte ich dann umgehen lernen und mir eine neue Stelle suchen. Denn ich wollte nicht plötzlich reich auftreten und mich dadurch entlarven. Nichts da. Langsam, aber sicher wollte ich mein Leben neu aufbauen. Mit Geld in der Schublade und dem Job in der Wäscherei. Ich bin ja schließlich auch nicht ganz blöd.

Und dann war der große Tag gekommen. Ich muß zugeben, daß ich ziemlich fertig war. Beim Job hatte ich mich krankgemeldet. Ich ließ das Schminken ausfallen, machte mir einen Pferdeschwanz, färbte meine Augenbrauen, damit sie männlich aussahen, zog die Tarnkleidung an, steckte Zettel, Pistole und Strumpfmaske in die Tasche und ging. Es war erst zehn Uhr, ich konnte die Vorstellung von zu vielen Leuten in der Bank nicht ertragen. Es schneite. An der Eingangstür war mit Klebeband ein riesiger Weihnachtsmann befestigt. Ich blieb ein wenig vor der Tür stehen und lugte hinein, ich zerknüllte die Kappe in meiner linken Faust und versuchte zu atmen, ganz tief bis ins Zwerchfell, ohne beim Ausatmen zu zittern. Das hatte ich im Schützenverein gelernt. Atmen und Gleichgewicht finden, Blut ins Gehirn. Jetzt würde ich bald auf Film gebrannt werden, denn in solchen Lokalitäten wimmelt es ja nur so von Kameras. Ich packte meine Strumpfmaske und ärgerte mich sofort darüber, wie teuer sie gewesen war. Aber bei der Vorstellung, wie ich die Hunderter zwischen meinen Fingern rascheln hören würde, wurde ich dann wieder ruhig genug, um die Maske überzustreifen, mit der rechten Hand die Pistole zu packen (ungeladen, ich wollte doch niemanden verletzen) und in die Bank zu stürmen.

Ich konnte aber nicht richtig sehen. Der Stoff der Mütze verrutschte ein wenig, was ich sah, kam mir vor wie ein Film mit schwarzen Balken oben und unten. Und ich bekam keine Luft, denn ich hatte eine Kappe ohne Mundöffnung gekauft, aus Angst, man könnte sonst sehen, daß ich mich nicht jeden Tag rasieren mußte. Der Wollstoff war schon feucht, noch ehe ich vor der Kasse stand, und zu allem Überfluß schmolzen und tropften nun auch noch die Schneeflocken, die auf meinen Kopf gefallen waren.

Zwei Frauenzimmer fuhren herum und heulten los. Herrgott, was machten die für ein Geschrei. Als wäre ich total lebensgefährlich. Auf der anderen Seite wußte ich so, daß meine Kiste klappte. Und ich wußte, daß jetzt alles schnell gehen müßte. Es gab Knöpfe, auf die gedrückt werden könnte, und deshalb winkte ich die Frauenzimmer beiseite, und sie warfen sich kreischend auf ein Sofa. Die dritte Person in der Schalterhalle war ein Mann. Ich registrierte eine grüne Hose und Militärstiefel und hatte plötzlich Angst, er könne beim Anblick meiner 22er einen Lachanfall bekommen, aber das passierte nicht. Seine Augen schienen ihm aus dem Kopf quellen zu wollen, nie im Leben hatte mir ein Mann dermaßen totale Aufmerksamkeit geschenkt.

Ich hätte gern losgebrüllt und alle durch die Gegend gescheucht, aber ich atmete meinen eigenen feuchten Atem ein und spürte, wie mir der Schweiß über den Rücken lief. Das hier war kein Spaß, es war sogar ziemlich widerlich. Ich packte den Mann am linken Arm und zielte auf ihn, ich zog ihn zum Schalter, und er kam willenlos mit, wie in Trance, und dann schob ich den Zettel über die Schalterplatte und bohrte dem Typen die Pistole in den Bauch. Und die Frauenzimmer hinter mir schrien und schluchzten hemmungslos.

Die Schalterfrau war auch nicht gerade in Spitzenform,

sie sah überaus bleich aus. Sie fing an, Geld in meinen Sack zu stopfen. Mir ging das nicht schnell genug, ich schlug mit der flachen Hand auf die Schalterplatte, um sie zur Eile anzutreiben. Ich schaffte es, kein Wort zu sagen, obwohl mein ganzer Körper wehtat, so gern hätte ich die Klageweiber auf dem Sofa mit »Fresse halten« angeschrien. Aber es ging wirklich alles gut.

Der Typ weinte jetzt lautlos, er stand einfach kerzengerade da und ließ die Arme hängen. Bestimmt hatte er jede Menge Action-Filme gesehen und weinte jetzt, weil er sich nicht traute, etwas zu unternehmen, jetzt, wo endlich mal was passierte. Es ist nämlich unglaublich, wie unser Mut verfliegt, wenn uns eine echte Waffe in den Bauch gebohrt wird. Dann war der Sack voll. Wenn ich mehr Zeit gehabt hätte, hätte ich sie aufgefordert, den Tresor zu leeren; ich konnte hinter einer Trennwand den Eingang ahnen, das Tor zum Ziel meiner Träume. Aber zugleich hatte ich die fetten Geldbündel zwischen ihren Fingern gesehen und fühlte bei diesem Anblick das Blut in meinen Ohren pochen. Ich ging rückwärts, schwenkte die Pistole und tastete hinter meinem Rücken mit meiner linken Hand nach der Tür.

Doch dann hörte ich ein Geräusch. Eine kleine Kinderstimme, die sagte: »Mama, guck mal! Eine Pistoooooole!«

Ich fuhr herum und starrte in ein strahlendes, von einer Fellkante umgebenes Kindergesicht. Die Augen leuchteten vor Glück, und eine teilweise von klebrigen Brötchenkrümeln bedeckte Hand streckte sich nach der Pistole aus. Ich richtete den Lauf auf die Decke und schaute mich verzweifelt um. Das Kind saß in einem Wagen. Der Wagen versperrte mir den Ausgang. Hinter dem Wagen stand eine Mutter. Die Mutter fing an zu schreien. Das Kind lächelte und zeigte auf die Pistole. Und an dieser Stelle ging die ganze Sache in die Hose. Denn ich bin doch kein Mann, verdammt nochmal, auch wenn ich meinen Körper in noch so maskuline Klamotten stecke. Ein Mann hätte nämlich den Wagen fortgeschleudert, mit Kind und Kegel sozusagen, das wäre ihm doch scheißegal gewesen. Aber was tat ich? Na, ich schob den Wagen vorsichtig zur Seite, quetschte mich daran vorbei und sagte: »Verzeihung, Verzeihung.« Das sagte ich. Und auch wenn ich keine Dozentin an der Polizeihochschule bin, so wußte ich doch, daß jeder halbwegs fähige Ermittler großes Gewicht auf diese mit Frauenstimme ausgesprochenen zwei Wörter legen würde. Das ging mir auf, sowie ich die Straße erreicht hatte. Es war ein grauenhafter Augenblick. Denn ich hatte ja keine Sekunde lang vorgehabt, aus dem Land zu fliehen oder mich nach Südamerika abzusetzen. So viel Geld hatte ich nun auch wieder nicht erbeutet.

Ich riß mir die Strumpfmaske vom Kopf und rannte los. Dachte an Spuren. Sprintete in eine Seitenstraße, hinter einige Abfallcontainer und fing an nachzudenken. Was mir aber nicht so ganz gelang. Was ich am Leib trug, mußte weg, das war klar. Und die Waffe? Die mußte weggeworfen werden, niemand durfte sie finden, sonst könnte sie zu mir zurückverfolgt werden. Ich streifte die Jacke ab, wickelte meine feine kleine Pistole hinein, kletterte in den Container, stopfte alles in den erstbesten Müllsack und klappte den Containerdeckel wieder zu. Ich leerte eine Plastiktüte, die Abfall enthalten hatte, steckte das Geld hinein und ging zurück auf die Straße, ging langsam und gelassen nach Hause und tröstete mich damit, daß ich mir eine neue Pistole kaufen könnte, das Geld hatte ich jetzt ja.

Erst als ich in meiner Wohnung stand, brach ich zusammen. Ich fing wirklich an zu heulen, allerlei Spannungen in meinem Körper brauchten Auslauf. Ich hatte Angst. Hatte eine Sterbensangst. Aber nach und nach beruhigte ich mich ein wenig, duschte, holte mir eine Flasche Bier und kam endlich zu mir. Es würde schon gut gehen. Das Geld verstaute ich im Schlafzimmerschrank. Am nächsten Tag machte ich mit der Hose und den Stiefeln, die ich getragen hatte, einen Spaziergang zum Fluß, und ich nahm auch die berühmte Strumpfmaske mit. Ich fand es ziemlich theatralisch, den ganzen Kram beschwert mit Steinen in den Fluß zu feuern, und deshalb stopfte ich die Sachen in einen weiteren Container. Der Einzige, der mich eines Blickes würdigte, war ein zufällig vorüber kommender Labrador.

Aber es dauerte nicht einmal bis Heiligabend, bis sie kamen, das Leben ist schon seltsam. Die Polizei hatte sich natürlich eine Liste der Waffenbesitzerinnen in unserer Stadt besorgt. Und folgendes Gespräch fand statt, gegen acht Uhr, am dritten Abend, am letzten Montag im Advent:

»Guten Abend, wir kommen von der Polizei!« (Er wedelte mit dem Dienstausweis.)

»Ja, worum geht es?«

»Das ist nur eine Routineuntersuchung, aber wir möchten Sie bitten, uns Ihre Waffe zu zeigen, wir wissen, daß Sie als Besitzerin einer 22er Unique-Pistole registriert sind.«

Das war's also. Ich hätte die Pistole nicht wegwerfen

dürfen. Ich hätte sie im Haus haben, sie mit stolzer Besitzerinnenmiene vorführen müssen. Nie im Leben hätten sie dann auch nur das Geringste beweisen können. Sie hätten doch nicht einmal genug für eine Hausdurchsuchung gehabt. Und der Mann, der das Wort führte, wirkte müde und genervt, er wäre sicher zum Christbaumschmücken nach Hause gegangen, wenn ich die Pistole geholt hätte. Hätte genickt und sich verzogen.

»Nein, leider«, sagte ich. »Die habe ich nicht mehr.«

Sie erwachten.

»Sie wissen doch, daß es verboten ist, Waffen zu verleihen? Oder zu verkaufen?«

»Sicher, das hab ich auch nicht getan. Ich habe ... ich habe ... sie verloren.«

»VERLOREN?«

Jetzt waren sie hellwach. Und ließen nicht mehr locker. Sie wollten wissen, wo und wann und wie, und ich meine, wenn ich eine solche Situation in den Griff bekommen könnte, dann würde ich ja wohl nicht in einer Wäscherei malochen? Ich wußte alles über Atmung und Gleichgewicht, aber das hier nicht. Den Zettel hatten sie auch, mit Fingerabdrücken. Ich hatte ihn ohne Handschuhe geschrieben, aber ich will hier nicht zu tief in die peinlichen Details gehen. Ich möchte nur klarstellen, daß es nicht so einfach war, mir knisternde Geldscheine zu krallen, wie ich geglaubt hatte.

Aber ich will mich nicht beklagen. Eigentlich geht es mir hier ja gut. Brauch nicht zum Scheißjob, brauch nicht sauer zu sein, weil ich nie auf die Piste komme. Die anderen hier tun das ja auch nicht. Wir sitzen allesamt im selben Boot, und das beruhigt mich ein wenig. Aber niemals werde ich das Gesicht dieses Kindes vergessen. Ich sollte mir vielleicht doch bald eins anschaffen. Kindergeld und weniger Steuern. Mutterschaftsurlaub bei vollem Gehalt. Und ich könnte lernen, mit einer Wasserpistole zu schießen. Das einzige, was mir jetzt noch fehlt, ist also ein Mann. Und ich merke schon, daß ich so nach und nach weniger anspruchsvoll werde.

Als der Gerichtspsychiater sich in den Lesesessel seines Büros sinken ließ, in seiner gemütlichen Ecke bei den Bücherregalen, war es nicht irgendein beliebiger Abend, es war der endgültige Abend. Dieser Dezembertag kurz vor Weihnachten hatte ihn – ausgerechnet ihn – zu einem anderen Menschen werden lassen. Als ob alles, was er in den letzten Jahren gelernt hatte, all sein gesammeltes Wissen und seine Erfahrungen, einfach verflogen wäre. Ausradiert von einem frechen Bengel.

Denn wie hätte er ihn sonst nennen sollen?

Der Gerichtspsychiater rieb sich den verspannten Nakken und ließ den Morgen erneut Revue passieren. Er wanderte rückwärts durch den Tag, durch die Verwandlung, wie durch einen Tunnel, der quer zum Strom der Zeit verlief. Und nun saß er hier, an genau derselben Stelle, in genau demselben weichen Sessel in der Ecke bei den Bücherregalen. Aber jetzt war er ein anderer.

Vorher war er ein Betrachter gewesen, ein Beobachter, höchstens noch ein Analytiker. Jetzt war er ein Akteur. Dem eine Viertelstunde blieb, um zu handeln …

Der Gerichtspsychiater des Morgens, der andere, sah sich, den Laptop auf seinen Knien, den Fall noch einmal durch. Er stellte sich den Laptop immer auf die Knie, trotz aller Warnungen vor Hodenkrebs, Sterilität und Impotenz – ganz zu schweigen von einer ehrlich verbrannten Eichel. Es wäre schon schwereres Geschütz nötig, um einen Mann wie den Gerichtspsychiater dazu zu bringen, daß er seine Gewohnheiten änderte.

Es war Advent, und wie immer, wenn eine Jahreszeit dem Ende entgegenging, mußte man ganz schnell alle lose hängenden Fäden der vergangenen Zeit zusammenführen. Es hatte geschneit, was die Welt um einiges heller machte, und dieses verschneite Dezemberlicht fiel fast waagerecht durch die alten, verstaubten Jalousien des Büros. Der Gerichtspsychiater mußte den Laptop anders drehen, damit der Bildschirm keine Streifen zeigte und nur noch jede zweite Zeile zu sehen wäre.

Als der Text Gestalt annahm, ergab sich ein ziemlich einfacher Fall, eines von vielen Gewaltverbrechen, begangen von psychisch derart instabilen Teenagern, daß sie sich schon im Grenzbereich zu psychischen Krankheiten befanden. Aber sie waren noch immer klar genug bei Verstand, um zu erfassen, daß das Dasein nach dem Vergehen um einiges einfacher zu bewältigen sein würde, wenn man eine psychische Krankheit simulieren konnte.

Und genau darum ging es hier. Wie immer. Darum, wo die Grenze zur psychischen Krankheit zu setzen ist.

Auf den ersten Blick hatte der Fall nichts Abweichendes oder auch nur Originelles. Der Junge hatte seinen Vater mit einer von dessen zerbrochenen Wodkaflaschen ermordet. Ein Szenario wie aus dem Bilderbuch: der Sohn endlich groß genug, um sich seinem alkoholisierten Vater zu widersetzen, die während seiner ganzen Kindheit aufgestauten, ja, in Flaschen gesperrten Gefühle nehmen überhand, und es kommt zum Eklat.

Was sollte man sagen, überlegte der Gerichtspsychiater und seufzte. In seinem eigenen verschlossenen Zustand, ja, in seiner Flasche – die, wie er gestehen mußte, reichlich umfangreich war – gab er zu, daß es ihm schwerfiel, diese explosiven Söhne zu verurteilen, die endlich die Chance sehen, sich für lebenslanges Unrecht zu rächen. Für Unrecht, das sie bis ins Grab verfolgen wird – und oftmals noch weiter. In einer endlosen Reihe von Generationen männlicher Frustration, die zur Gewalt wird.

Vergewaltigung von Töchtern, Mißhandlung von Söhnen ...

Nichts Neues unter der Sonne.

Ein phantastisches Wort eigentlich, dachte der Gerichtspsychiater und ließ sich mit den Händen im Nacken zurücksinken. Gewalt. Ein Relikt aus einer anderen Zeit. Ein Wort aus dem fünfzehnten Jahrhundert, das altschwedische »ivirvald«, das eine Gesellschaft andeutete, in der Gewalt an der Tagesordnung war. Aber es gab damals auch eine Art selbstverständlicher Gewalt, die diese Bezeichnung, »Überwalt«, verdient hatte.

Doch was hatten solche Wörter in unserer Zeit zu suchen? War es nur ein alberner historischer Zufall, daß genau sie überlebten?

Seine ein wenig überraschenden sprachwissenschaftlichen Überlegungen – möglicherweise könnte man von Ablenkung reden, aber diese Erkenntnis mußte im flaschenartig verkorkten Inneren des Gerichtspsychiaters bleiben – wurden eigentlich nicht unterbrochen. Nein, man kann nicht sagen, daß sie unterbrochen wurden, es gab keine starken äußeren Stimulanzien, die sich auf sein Inneres ausgewirkt hätten. Trotzdem saß er plötzlich einfach so in seinem Sessel vor dem Schreibtisch und sah klein aus.

Ja, das war der erste Eindruck. Obwohl auch der muskulöse Wärter seinen Platz bei der Tür bezogen hatte, in seiner üblichen versteinerten Pose, die Hände auf dem Rükken, den Brustkorb vorgestreckt, war es der Junge, der alle Aufmerksamkeit auf sich lenkte. Eben, da er klein war.

Er hätte den Wärter eigentlich zur Rede stellen müssen, sah aber ein, daß das keinen Sinn gehabt hätte. Er hatte das ja bewußt so gemacht. Vermutlich war das seine Art, einen der schwersten Jobs seiner Zeit auszuüben – daß er immer unangemeldet und ohne anzuklopfen auftauchte. Vermutlich ließ er sich extra Zeit und dokumentierte seinen Rekord in der Kunst, sich unbemerkt im Arbeitszimmer des Zerstreuten aufzuhalten.

Dieses Mal war wohl kaum der persönliche Rekord des Wärters. Etwas an dem Jungen zog ziemlich rasch die Aufmerksamkeit aller auf sich. Ohne eine eigentliche Ursache.

»Danke«, sagte der Gerichtspsychiater zum Wärter. »Sie können draußen warten.«

Mit mürrischer Miene verließ der Wärter das Zimmer.

Psychiatrisches Gutachten. Schon wieder. Der Gerichtspsychiater versuchte nicht einmal, sein Seufzen zu unterdrücken, als er sich zu dem Jungen umdrehte, wie immer auf Wiederholung eingestellt. Darauf, daß sich alles, was er schon über die Welt wußte, ein weiteres Mal bestätigen würde.

»War es wegen Weihnachten?« fragte er.

Der Junge schaute ihn an und blinzelte überrascht. Das war immer ein guter Anfang.

»Feste, mein Junge«, sagte der Gerichtspsychiater. »An Festtagen ist es immer schlimm. Und Weihnachten ist es am schlimmsten. Habe ich recht?«

Der Junge lachte. Alles, was als Überraschung hätte gedeutet werden können, war wie weggeblasen. Er war vierzehn Jahre alt, klein und schmächtig, und er lachte.

»Wir wohnen in derselben Stadt«, sagte der Junge. »Verdammt, das kann doch wohl nicht wahr sein!«

»Glaubst du, ich hätte so etwas noch nie gesehen?« fragte der Gerichtspsychiater gelassen. »Am Ende warst du groß genug, um zurückzuschlagen. Ich soll entscheiden, ob du bestraft wirst oder in Behandlung kommst, weil du deinen Papa umgebracht hast. Das verstehst du doch, oder?«

»Strafe oder Behandlung«, wiederholte der Junge. »Von wem denn?«

»Von der Gesellschaft. Das verstehst du doch?«

»Der Gesellschaft«, sagte der Junge. »So was hat es gegeben, als du klein warst.«

»Du hast auch eine Schwester, oder? Eine kleine Schwester.«

Der belustigte Blick des Jungen wurde härter und richtete sich auf das Gesicht des Psychiaters.

»Sie hat nichts damit zu tun. Sie hat geschlafen.«

»Und sie hat weitergeschlafen. Sie lag im Nebenzimmer, als du deinen betrunkenen Vater mit einer abgebrochenen Flasche umgebracht hast, bei einem, wie es aussieht, heftigen Handgemenge, und sie hat weitergeschlafen. Das ist seltsam. Wie konnte sie weiterschlafen? Hattest du sie irgendwie betäubt?«

Der Junge schüttelte stumm den Kopf. Der Gerichtspsychiater betrachtete ihn und suchte nach Anhaltspunkten. Erkannte er das Reaktionsmuster? Gab es hier nicht etwas Vertrautes? Eine Form von – Heroismus? Einen Heldenmut, der nicht gesehen werden will?

»Du hast deine Schwester sehr lieb, nicht wahr?« fragte er. »Du würdest alles für sie tun.«

Wieder schüttelte der Junge den Kopf. Der Gerichtspsychiater fragte weiter.

»Eure Mutter hat euch vor zwei Jahren verlassen. Ihr lebt allein, ihr beide, bei eurem trinkenden Vater. Wie soll deine Schwester jetzt zurechtkommen? Hast du dir das überlegt?«

Der Junge lächelte ein wenig. Der Gerichtspsychiater wollte dieses Lächeln deuten, wollte es verstehen. Ja, hier handelte es sich um Heroismus, nur begriff er nicht, welche Gestalt der hatte. Lag er mit seiner Annahme wirklich richtig?

»Dein Vater hat sie belästigt, nicht wahr? Du hast sie gerettet. Bei dieser Handlung gibt es keine Spur von mentaler Verwirrung. Du hast die Hinrichtung deines Vaters geplant und ausgeführt. Wie soll ich dir da helfen können?«

Der Junge lächelte wieder dieses Lächeln. Das hätte er in seiner Situation nicht tun dürfen. Der Gerichtspsychiater blätterte fieberhaft in seiner mentalen Handbibliothek. Was war das hier für eine Reaktion? Er fand keine passende Antwort.

»Du bist ein alter Mann«, sagte der Junge nur.

Jetzt war der Gerichtspsychiater durchaus ein wenig gereizt.

»Warum redest du über mein Alter? Was begreife ich nicht?«

»Was begreifst du denn überhaupt?« rief der Junge und zeigte zum erstenmal wenigstens eine Spur von Gefühl.

Sie schwiegen eine Weile. Sie beobachteten einander, wie zwei Wesen aus unterschiedlichen Welten. Dann sagte der Junge, und dabei lag echte Enttäuschung in seiner Stimme:

»Du bist genau wie die Polizei. Du übersiehst das, was wichtig ist. Du hast schon entschieden, wie alles zu sein hat.«

Der Gerichtspsychiater beobachtete den Jungen. Jetzt sah er eine Art Stolz, einen Anflug von Hochmut. Dieser Junge wollte etwas erzählen. Aber er wollte das nicht selbst tun. Er wollte verstanden werden, von innen heraus. Der Gerichtspsychiater blätterte in den polizeilichen Unterlagen in seinem Computer, den er noch immer unsicher auf seinen Knien balancierte. Dasselbe Kauderwelsch, die digitalen Krähenfüße kaum des Schreibens kundiger Polizisten. Er wurde immer zum Sprachpolizisten, wenn er mit der Polizistensprache konfrontiert wurde. Sollte er sich durch das hier hindurchquälen? War es das, worum der Junge ihn bat?

Und dann fand er es.

Hier stand es doch, ganz offen. Wie hatte ein so routinierter Fachmann wie der Gerichtspsychiater das übersehen können?

»Zerschlagene Flaschen, überall in der Küche«, sagte er. »Überall Alkohol. Das Badezimmer voller schwarzgebranntem Schnaps. Klassische Schlägerei im Suff. Aber – dein Papa hatte null Komma null Promille Alkohol im Blut, als du ihm die Kehle durchgeschnitten hast ...«

»Es klappt ja doch«, sagte der Junge mürrisch.

Der Gerichtspsychiater schwieg. Er musterte den Jungen und überlegte. Das hier kam ihm seltsam vor. Nicht das Überlegen an sich natürlich, sondern außerhalb der alten, vertrauten Bahnen zu überlegen. Für einen Moment glaubte er, wirklich einige verwirrte Gehirnzellen zu sehen, die sich in bisher unberührte Gehirnwindungen hineinwagten. Er glaubte, ihre Verwirrung beobachten zu können.

»Es sah wie eine Schlägerei aus, dort in der Küche«, sagte er schließlich. »Chaos, Schnapsgestank, das viele Blut. So hat es die Polizei vorgefunden. Aber bei genauerem Hinsehen ist es nicht so. Dein Vater hat sich nicht gewehrt. Man kann also annehmen, daß er geschlafen hat, daß er im Schlaf ermordet wurde, und daß du das Chaos erst später arrangiert hast. Aber es war erst neun Uhr abends, und er war stocknüchtern. Warum sollte er also auf dem Küchenboden liegen bleiben und sich ermorden lassen?«

Der Junge schüttelte nur den Kopf. Aber etwas in seinem Blick hatte sich verändert. Der Gerichtspsychiater wäre nicht so weit gegangen, es Hoffnung zu nennen, aber etwas war dort jetzt anders.

Er tastete sich weiter durch die unberührten Gehirnwindungen. Es tat fast schon weh.

»Aber damit nicht genug. Dein Vater lag auch auf einem Haufen von Glasscherben. Das muß bedeuten, daß ... daß das Chaos schon vorhanden war, als er sich hingelegt hat. Daß ihr ... das Chaos gemeinsam arrangiert habt?«

Der Junge beobachtete ihn jetzt. Interessiert. Mit einem Blick, der viel zu erwachsen war. Aber er sagte nichts. Er schaute nur. Wie um etwas zu entdecken, das er noch nie gesehen hatte.

Und er war hier nicht der einzige. Der Gerichtspsychiater trat einen Schritt zurück, versuchte einen neuen Anfang.

»Im Badezimmer war jede Menge Schnaps. Aber dein Vater war kein Alkoholiker. Er verkaufte Schnaps, schwarzgebrannten Schnaps, aus Osteuropa eingeschmuggelten Schnaps. Wem hat er den verkauft? Gaststätten?«

Der Blick des Jungen war ebenso forschend wie bisher. Was wollte er? Eine Umkehr erzwingen? Eine Erkenntnis aufdecken? In seinem Blick lag ein Wille, ein Begehren. Dann schüttelte er den Kopf. Eine Kommunikationsäußerung.

»Nicht?« fragte der Gerichtspsychiater. »Also – an Jugendliche? Illegalen Schnaps an Jugendliche? Dieses Auto, das bei Schulfesten diskret bei der Schule parkt?«

Derselbe Blick. Kein Kopfschütteln mehr. Der Gerichtspsychiater drückte die Finger an die Stirn und versuchte, seine verwirrten Zellen den richtigen Weg finden zu lassen.

»Aber wo ist der Zusammenhang?« fragte er. »Ich verstehe das nicht.«

Der Blick des Jungen öffnete sich. Nicht viel, aber ausreichend. Er schien einzusehen, daß der Gerichtspsychiater ohne Hilfe nicht die richtige Spur finden würde. Überaus widerwillig sagte er schließlich:

»Büßen.«

Der Gerichtspsychiater hörte dieses Wort. Er hörte es, und es sprach ihn nicht an. Es brachte keinen Sinn mit sich, aktivierte nicht das kleinste Scherflein Wissen aus seiner inneren Handbibliothek. Der Sprachpolizist in ihm zuckte ein wenig zusammen, zog sich aber rasch wieder zurück, momentan standen wichtigere Dinge auf dem Spiel.

Jetzt war er derjenige, der den Kopf schüttelte.

»Büßen?« fragte er.

»Wenn du büßen mußt, bist du am Ende«, sagte der Junge leise. »Es geht nur darum, nicht wiedergutmachen zu müssen.«

»Tut mir leid«, sagte der Gerichtspsychiater. »Ich verstehe einfach nicht, wovon du da redest.«

Der Junge seufzte. Der Gerichtspsychiater arbeitete sich mit einer Intensität durch diese rudimentäre Information, die einem viel, viel jüngeren Gerichtspsychiater gehörte, einem, der sich vor dreißig Jahren damit beschäftigt hatte, lange bevor die Menschen angefangen hatten, gegen die Wand zu laufen, gegen die Wand gelaufen waren in ihrem Versuch, die Irrwege der menschlichen Psyche zu begreifen. Er fragte:

»Das ist also eine Strafe. Eine Drohung?«

Der Junge schwieg und beobachtete. Er schien zu versuchen, die zähflüssige Erkenntnis durch seine Blicke zu beschleunigen. Der Gerichtspsychiater rang um Worte, um eins nach dem anderen.

»Es sind Konkurrenten deines Vaters aufgetaucht. Sie haben nicht nach denselben Regeln gespielt, den alten Regeln. Sie haben nicht nur Schnaps gebracht, sondern auch ein ganz neues System von Regeln, ein ganz neues gesellschaftliches Klima. Sie haben dich eines Tages in der Schule beiseitegenommen. Sie haben gesagt, dein Papa müßte seine Tätigkeit sofort einstellen und ihnen seinen Schnaps aushändigen. Russenmafia?«

Der Junge schien jetzt aufzugeben. Er seufzte und sagte: »Das ist keine Mafia. Das sind wir selbst.«

»Wie meinst du das?«

»Leute aus meiner Klasse. Es kann jeder sein, und es kann alles sein. Plötzlich kommt in der Schule einfach einer auf dich zu und sagt, daß du büßen mußt. Er will bis Freitag dreitausend Kronen, sonst bringt er deine Mutter um. Es ist einfach eine gute Methode, um sich Geld zu verschaffen.«

»Ich verstehe das noch immer nicht. Nehmt ihr denn diese Drohung ernst?«

Der Junge zuckte mit den Schultern und sagte: »Und ich verstehe das Wort Drohung nicht.«

Der Gerichtspsychiater holte tief Luft und ließ sich im Sessel zurücksinken. Er schloß die Augen und fragte: »Kannst du erklären, was du gerade gesagt hast?«

»Drohung gibt's nicht mehr. Das ist alter Kram.«

»Wie ich«, sagte der Gerichtspsychiater und versuchte sich an einem Lächeln. Er merkte sofort, wie wenig ihm das gelang, und löschte es gleich wieder.

»Ja«, sagte der Junge, ohne eine Miene zu verziehen. »Genau wie du.«

»Soll ich das also so verstehen, daß es nicht um Drohungen geht, sondern um Tatsachen?«

»Wenn man sagt, daß man irgendwen umbringen wird, dann tut man das auch. Wenn man nicht vorher sein Geld kriegt. Drohungen können leer sein. Büßen muß man immer.«

»Und das spielt sich an allen Schulen ab?«

»An allen Schulen, die ich kenne.«

Der Gerichtspsychiater ließ seinen Blick zur Tür wandern. Oben am Rahmen hing ein Mistelzweig. Der Gerichtspsychiater hatte ihn selbst dort befestigt. Möglicherweise hatte er auf einen Kuß von seinen Assistentinnen gehofft. Er hatte auch einige Christbaumkugeln an die Wand gehängt. Sie funkelten träge im schneegesättigten Dezemberlicht. Wie ein Zwinkern aus einer anderen Zeit.

Weihnachten, dachte er und lächelte ein wenig. Weihnachten ist alt.

In seiner Seele hatte es schon lange nicht mehr wehgetan. Richtig weh.

Jetzt tat es weh.

Die Welt sah anders aus. Alles hatte sich verändert. Was ging denn nur in Schweden vor sich? In was für einer Welt sollten seine Enkelkinder aufwachsen?

Er war sonst nicht sonderlich defätistisch. Die Welt kam immer wieder ins Gleichgewicht. Er war auch nicht von der nostalgischen Sorte. Früher war nicht alles besser gewesen. Es gab keine paradiesischen Zustände, nach denen man sich zurücksehnen könnte.

Aber das hier war etwas anderes. Die Mechanisierung des Menschen, die totale Instrumentalisierung. Andere Menschen gab es nur noch, um aus ihnen Nutzen zu ziehen. Sie hatten keinen Menschenwert mehr. Etwas war gestorben, davon war er überzeugt. Etwas stirbt gerade in den Menschen.

Als er jetzt sprach, erkannte er seine eigene Stimme nicht wieder.

»Du mußtest jemandem büßen, indem du deinen eigenen Vater umgebracht hast.«

Der Junge blieb ganz neutral. Seine Neutralität war beängstigend. Er sagte kein einziges Wort.

»Deine Schwester«, sagte der Gerichtspsychiater und nickte. »Du mußtest deinen Vater umbringen, sonst hätten sie deine Schwester umgebracht. Du hattest die Wahl zwischen deinem Vater und deiner Schwester.«

Er erwiderte den Blick des Jungen. So saßen sie dann eine Weile da. Sie sahen einander tief in die Augen – und dort gab es nicht einen Schatten von Kontakt. Sie saßen auf gegenüberliegenden Seiten eines sich endlos ausdehnenden Universums.

Und bald war Weihnachten. Bald würden wir durch einen ständig zunehmenden Strom von Weihnachtsgeschenken für unsere Abwesenheit und unser Wegsehen bezahlen.

Was haben wir mit euch gemacht?, fragte sich der Gerichtspsychiater und hatte das Gefühl zu zerbrechen, als werfe sein Körper Risse und sein Inneres werde hinaus in das durch und durch gefrorene, ins Endlose expandierende Universum gezogen. Er sagte:

»Nein. Das stimmt nicht.«

Der Junge starrte ihn an, und jetzt war sein Blick fast herablassend. Der Gerichtspsychiater fuhr fort:

»Du hast deinem Vater vom Büßen erzählt. Er hatte sich in deiner Welt lange genug umgesehen, um zu begreifen, daß die Sache gelaufen war. Ich glaube, er war ein verdammt guter Papa. Vielleicht zu gut ...«

Der Gerichtspsychiater beobachtete den Jungen, um zu sehen, ob er ihm eine Reaktion entlocken könnte. Das konnte er nicht. Derselbe neutrale und doch zielgerichtete Blick.

»Er hat sich genau vorbereitet, oder? Es war wichtig, daß es aussah, als ob du ihn umgebracht hättest, darum geht es doch beim Büßen. Als du mit deiner Schwester nach Hause kamst, war er schon tot. Er hat euch beide gerettet, indem er sich das Leben genommen hat – und weil es so aussieht, als ob du es getan hättest.«

Der Gerichtspsychiater wußte nicht mehr, wie viel von seiner eigenen Welt er im Blick des Jungen sah. Er begriff, daß er hier einem Muster begegnete, dem er noch nie zuvor begegnet war, einem, dem kein Handbuch auf der ganzen Welt gewachsen war.

Aber jetzt schien sich in dem Jungen etwas zu bewegen. Er änderte seine Haltung und ließ sich zurücksinken. Sah er möglicherweise zufrieden aus? Aber mit wem? Sich selbst?

Der Gerichtspsychiater sagte:

»Dann schreibe ich jetzt also, daß du unschuldig bist, damit du sofort auf freien Fuß gesetzt wirst.«

Doch der Junge sagte, ohne seine Stimme auch nur mit einem Hauch von Gefühl zu besudeln:

»Nein.«

»Nein?« fragte der Gerichtspsychiater.

»Ja«, sagte der Junge. »Nein.«

»Willst du nicht frei sein?«

»Doch. Aber du darfst nicht schreiben, daß ich unschuldig bin. Ich muß auf eine andere Weise freikommen.«

»Aber ich kann nicht lügen.«

»Natürlich kannst du. Du mußt büßen.«

Der Gerichtspsychiater merkte, daß er die Augen aufriß. Er ließ seinen Blick über den Jungen wandern und blinzelte. Hatte er richtig gehört?

»Willst du mir drohen?« fragte er. »Ich bin ein überaus erfahrener Gerichtspsychiater. Verstehst du, wie oft ich in all meinen Jahren schon bedroht worden bin? Verstehst du, daß es nie funktioniert hat?«

»Ich drohe dir nicht«, sagte der Junge. »Ich lasse dich wiedergutmachen.«

Und dann sagte er, ganz ruhig und ohne die Stimme auch nur im geringsten zu erheben, die Namen der vier Enkelkinder des Gerichtspsychiaters. Er nannte ihre Adressen, zählte auf, welche Schulen sie besuchten. Danach leierte er ihre Personenkennnummern herunter. Und schloß mit den Worten:

»Bis sechs Uhr heute abend hast du meine Freilassungspapiere unterschrieben. Daraus muß hervorgehen, daß ich schuldig bin, daß ich aber auf Grund von – wie nennt ihr das – technischen Umständen auf freien Fuß gesetzt werde.«

»Du willst es also schriftlich haben, daß du deinen eigenen Vater ermordet hast?«

»Damit wäre man schon zufrieden«, sagte der Junge und erhob sich.

Der andere Gerichtspsychiater, die aktualisierte Abendversion, ließ sich durch die Äonen zurücktragen. Er flog durch ein erlöschendes Universum und landete im selben Sessel, aus dem er gestartet war, dem weichen in der Ecke bei den Bücherregalen. Der Sessel kam ihm nicht sonderlich behaglich vor.

Er schaute sich im Zimmer um. Schon längst hatte die Dezemberdunkelheit sich gesenkt. Der Raum lag in einem vagen, gleichsam glimmenden Halbdunkel da. Und die Uhr an der Wand, ganz dicht bei den albernen Christbaumkugeln, zeigte zehn vor sechs.

Noch zehn Minuten für die schicksalhafte Entscheidung. Er war häufiger bedroht worden, als er sich überhaupt erinnern konnte, war verfolgt und schikaniert worden. Er hatte zwanzigmal die Telefonnummer gewechselt und einmal sogar umziehen müssen. Die Welt, in der er sich aufhielt, war immer bedrohlich gewesen. War es jetzt wirklich anders?

Er reckte sich, rieb sich den verspannten Nacken, dachte an die Verletzlichkeit aller Dinge. Sowie man etwas Menschliches aufbaut, wird man verletzlich.

Der Gerichtspsychiater liebte seine Enkelkinder über alles. Er liebte natürlich auch seine Kinder, seine beiden Söhne, aber die Enkelkinder waren eher Geschenke, späte Beweise dafür, daß man in diesem Leben doch immerhin etwas richtig gemacht hatte.

Er hatte niemals nachgegeben. In seinem ganzen Berufsleben hatte er nicht nachgegeben. Es mußte noch Menschen geben, die – ja, die was verteidigen könnten? Das System? Vielleicht nicht direkt, er hatte kein besonderes Vertrauen zu einem Rechtssystem, das Pädophile nach ein paar Jahren so einfach wieder laufen ließ. Was also dann? Die Demokratie? Gleiches Recht für alle, egal, wie stark sie waren? Das vielleicht schon eher. Aber ihm war zutiefst bewußt, daß auch die Demokratie relativ war. Der Starke siegte.

Nein, er mußte etwas anderes verteidigen. Da saß er in seinem kleinen Schlupfwinkel, in der Weihnachtsdämmerung in dem alten Lesesessel, und versuchte sich zu erinnern, was das war. Ihm blieb nicht mehr viel Zeit, um es zu begreifen.

Bilder seiner Enkelkinder zogen an ihm vorbei. Sie wollten bei ihm zu Hause Weihnachten feiern, er wollte sie alle vier mit viel zu vielen und zu teuren Weihnachtsgeschenken verwöhnen. Waren es dieselben weichen Wangen, über die er mit seinen Handflächen streichen würde, wenn er nachgäbe? Oder würden sie sich verändern? Streichelte er die Wange einer Zukunft, die jegliche Empathie verloren hatte? Das konnte nicht möglich sein.

Und dann fiel es ihm ein. Empathie.

Ein ziemlich scheußliches Wort. Aber es faßte alles zusammen. Glaubte er für einen Moment.

Das, was wir früher einmal Mitgefühl genannt haben.

Er schloß die Augen und betrachtete das, was er in den vergangenen fünf Minuten geschrieben hatte. Natürlich hatte er das Schlupfloch gefunden, das war immer möglich. Er kannte alle Schwächen der Polizei, er kannte sie in- und auswendig, und natürlich hatten sie bei der Festnahme vieles verpfuscht. Er hatte das alles glasklar zusammengefaßt. Jetzt brauchte er das Schreiben nur noch wegzuschicken. Dann würde der Junge auf freien Fuß gesetzt werden, obwohl er ein Mörder war. Genau, wie er das wollte.

Es wäre genau das, was der Junge brauchte, damit dieses System, das neue System, funktionierte. Und er war natürlich ein Opfer dieses Systems.

Aber wenn der Gerichtspsychiater das nun machte – und jetzt blieben ihm noch fünf Minuten –, würde der Weg frei sein. Das Rechtssystem würde einen Eckpfeiler verlieren. Er würde den ersten klaffenden Riß ins Gesellschaftsgebäude schlagen.

Er gab sich eine Minute. Eine stumme Minute.

Und trauerte.

Dann brachte er das Dokument auf den Weg.

Er schaute die Misteln an, die tristen Christbaumkugeln, in denen sich die Dezemberdunkelheit widerspiegelte, und er dachte:

Die Zukunft ist da.

Zum erstenmal in diesem Jahr sehnte er sich nach dem Heiligen Abend.

Marie Hermanson | Der Museumsbesuch

Eigentlich wollte Elinor an diesem Tag gar nicht ins Naturkundemuseum mitkommen. Ihr war nicht gut. Doch der Lehrer überredete sie und hielt sie auf dem ganzen Weg an der Hand.

Ich dagegen hatte schon tagelang, bevor wir dorthin gingen, vom Naturkundemuseum phantasiert. Unser Lehrer hatte extra betont, daß wir nicht ins neue Museum gehen würden, wo viele von uns sicherlich schon gewesen seien, sondern in das alte.

Jetzt standen wir in zwei Reihen draußen auf der Straße, in der einen Reihe die Mädchen und in der anderen wir Jungen. Der Lehrer stand auf der Treppe zum Museum und sprach zu uns, während wir darauf warteten, daß das Museum geöffnet würde.

»Wißt ihr«, sagte er. »Das Museum ist für die Allgemeinheit eigentlich nicht mehr geöffnet. Es wurde geschlossen, als man das neue Naturkundemuseum einweihte. Es gibt hier aber immer noch interessante Sammlungen, die man beim Umzug in die neuen Gebäude nicht mitnehmen wollte. Es sind etliche ältere Exemplare, manche in ziemlich schlechtem Zustand.«

Wir waren ungeduldig. Es war Oktober und kühl, und mehrere von uns Jungen hatten nach wie vor kurze Hosen an und bekamen eine Gänsehaut zwischen dem Hosensaum und den Wollstrümpfen. Normalerweise spürten wir keine Kälte, weil wir ständig in Bewegung waren. Einige rangelten ein bißchen herum, um warm zu bleiben, der Lehrer nahm jedoch keine Notiz davon.

»Ich gehöre zu den Freunden des alten Museums«, fuhr er fort, »und ich werde eingelassen, weil ich den Wärter kenne. Ich habe mit ihm verabredet, daß wir um vier Uhr hier sind.«

Genau in diesem Moment hörten wir die Uhr eines nahe gelegenen Kirchturms viermal schlagen, und alle Blikke wandten sich dem Eingang zu, über dem die Inschrift »Naturkundemuseum« fast völlig verwittert war.

Aber niemand öffnete. Der Lehrer, der sehr auf Pünktlichkeit bedacht war, klopfte an die Tür. Zuerst diskret, dann kräftiger. Als sich nichts tat, betätigte er die Klinke, und es stellte sich heraus, daß offen war. Er gab uns ein Zeichen, ihm zu folgen, die Mädchen zuerst, und wir stiegen die Treppe hinauf.

Wir kamen in ein Vestibül mit Marmorsäulen und ausgetretenem Steinfußboden. An einer Theke saß ein Wärter und schlief. Er trug eine Uniform, in der er eher einem General als einem Museumswärter glich. Der Lehrer räusperte sich, und ein paar Mädchen begannen zu kichern. Der Wärter rückte seine Schirmmütze zurecht, und mit einer Geste, als wäre er noch nicht ganz wach, gab er uns zu verstehen, daß wir eintreten könnten.

Lassen Sie mich zunächst ein paar Worte über unseren Lehrer sagen: Er war ein alter Mann, weißhaarig und mager. Er trug einen verschlissenen Anzug, vergilbte Hemden und eine Fliege. Er hatte ein sehr freundliches Gesicht, und wenn wir in der Schule den Segen sprachen und an die Stelle kamen: »Der Herr lasse sein Angesicht leuchten über uns«, dann dachte ich an das Gesicht des Lehrers. Mild leuchteten seine nußbraunen Augen durch das runde Metallgestell seiner Brille hindurch über uns. Er war uns sehr wohlgesinnt. Manche sagten, er sei ein schlechter Lehrer, andere wiederum, er sei ein wenig verrückt. Möglicherweise waren beide Behauptungen richtig. Doch für uns, seine Schülerinnen und Schüler, die wir damals zehn Jahre alt waren, war das belanglos. Wir kamen gut ohne die Pädagogik aus, wie sie seinerzeit an den Schulen praktiziert wurde. Die Verrücktheit äußerte sich bei unserem Lehrer vor allem in einer gut entwickelten Phantasie, in Einfühlungsvermögen und hin und wieder in einem träumerischen Versinken in eigene Gedanken. Darin sahen wir nichts Ungesundes, im Gegenteil. Wir fanden, daß er uns in vieler Hinsicht näherstand als andere Erwachsene.

»Ihr könnt eure Rucksäcke hier abstellen, behaltet aber eure Mäntel an. Hier ist nicht geheizt. Nehmt ruhig ein Heft und einen Stift mit, falls ihr euch etwas notieren oder etwas abzeichnen wollt«, sagte der Lehrer.

Unser Lehrer wußte, wie zwecklos es war, mit der ganzen Klasse vor einem Objekt zu stehen und zu reden, während alle darauf brannten, zu etwas ganz anderem zu rennen, was sie im Augenwinkel sahen. Deshalb schlug er vor, wir sollten dorthin gehen, wohin wir wollten.

»Wenn ihr Fragen habt, will ich gern versuchen zu antworten. Es gibt jedoch vieles auf der Welt, worüber ich nichts weiß. Das Leben ist so unendlich reich. Verirrt euch nur nicht. Das Museum ist größer als ihr denkt.«

Als wir im Vestibül standen, begann jemand derart zu husten, daß es zwischen den Steinwänden hallte. Es war Elinor, ein zartes Mädchen mit hoher Stirn und langem, elektrisch geladenem Haar. Meine Mutter meinte, sie werde als Erwachsene schön sein. Falls sie jemals erwachsen werde.

Die Mutter des Mädchens war Schneiderin gewesen und vor kurzem an Lungenschwindsucht gestorben, und Elinor lebte jetzt bei der Inhaberin der Schneiderwerkstatt, wo die Mutter gearbeitet hatte. Jemand hatte mir erzählt, die Frau habe sich Elinors in dem Glauben angenommen, diese Mühe werde nur von kurzer Dauer sein. Es wurde erwartet, daß Elinor ihrer Mutter bald folgte, und ihr Husten war so störend, daß sie manchmal mitten im Unterricht das Klassenzimmer verlassen und auf den Korridor hinausgehen mußte. Ich glaube, die Krankheit als solche war ihr eine geringere Qual als die Aufmerksamkeit, die sie mit ihrem Husten erregte. Oft versuchte sie, ihn zu unterdrücken, mit der Folge, daß sie Atemnot bekam. Wir saßen meist kerzengerade in den Bänken und hörten sie draußen vor der geschlossenen Tür belfern und keuchen. Der Lehrer tat so, als bemerkte er es nicht. Wenn Elinor wieder hereinkam, war sie jedesmal rot im Gesicht und hatte Schweißperlen auf der Stirn. Sie schlich dann für gewöhnlich durch den Klassenraum und setzte sich lautlos auf ihren Platz.

Der Lehrer war sehr darauf bedacht, daß Elinor das Naturkundemuseum zu sehen bekam. Jetzt, da wir endlich drin waren, schien er sie vergessen zu haben und nicht einmal das fürchterliche Husten zu hören, das uns andere erschauern ließ. Ein paar Jungen waren bereits ins Innere des Museums verschwunden. Wir anderen folgten in den ersten Ausstellungssaal nach.

»Seht euch nur um, Kinder«, sagte der Lehrer zu denen, die ihm am nächsten standen. »Aber haltet die Finger im Zaum. Berührt nichts. Besonders nicht die Tiere ein Stockwerk tiefer. Schaut euch die Variationen des Lebens ganz genau an, seine erstaunlichen Formen, seine seltsamen ...«

Seine Stimme verebbte zu einem Gemurmel, und er blieb hingerissen vor einem Regal stehen.

»So oft bin ich nun schon hier gewesen, und jedesmal ist es wieder phantastisch«, hörte ich ihn zu sich selbst sagen, und er schüttelte langsam den Kopf. »Jedesmal wieder phantastisch.«

Der Saal, in dem wir uns befanden, hatte weißgekalkte Wände und einen Fliesenboden. Freistehende, grünspanfarben gestrichene Metallregale waren in dichten Reihen aufgestellt. In diesen Regalen standen staubige numerierte Gläser unterschiedlicher Größe. Einige waren nur gewöhnliche Marmeladen- oder Einmachgläser. Die gelbe Flüssigkeit, von der ich annahm, daß es sich um Spiritus handelte, war in mehreren Gläsern zur Hälfte verdunstet und hatte in deren oberem Teil ringsum Ränder und Ablagerungen hinterlassen. Der Inhalt aber war gut erhalten.

Ich ging langsam durch die Regalreihen und betrachtete verwundert die Geschöpfe, die hinter Glas verewigt waren. Es handelte sich hier offenbar um die Abteilung für die sogenannten niederen Lebewesen. Hier gab es Schnekken, Mollusken, Spinnen und Skorpione. Frösche mit weißen, aufgequollenen Bäuchen und geschlossenen Augen, die eingekerbten Kugeln glichen. Hinter der Beschriftung »Cumi cumi« befand sich etwas, was vielleicht ein fest zusammengepreßter Tintenfisch in einem viel zu engen Glas war. Die Etiketten waren mit handgeschriebenen kleinen, säuberlichen Druckbuchstaben beschriftet.

Durch die kleinen Fenster an der Decke fiel spärlich trübes Oktoberlicht in den Saal. Ich und der Lehrer waren jetzt allein. Meine Klassenkameraden waren in die anderen Säle des Museums verschwunden, und ich hörte ihre Begeisterungsrufe und schnelles Stiefelgetrampel.

Mein Blick wanderte an den Seltsamkeiten entlang: Fledermäuse, an gespreizten Flügeln aufgespießt und spröd wie welkes Laub. Ein Seepferdchen in einem Reagenzglas, das mit schmutziger Watte zugepfropft und mit der Beschriftung »Hippocampus kuda« versehen war. Der abgeschlagene, platte Kopf einer Kobra. Um den prachtvollen Atlasfalter gruppierte Schmetterlinge, deren ursprüngliche Farbe nur zu erahnen war. Ich blieb bei einem Glasbehälter mit der Aufschrift »Muntiacus muntjak« stehen und stellte mich auf die Zehen, um seinen Inhalt besser sehen zu können. War das der Fötus eines Kalbes? Das kleine Geschöpf hatte eine braunlila Greisenhaut, schmale Augenschlitze, einen dünnen Schwanz und halboffene Lippen, die nach einer Zitze zu suchen schienen.

Ich spürte die Hand des Lehrers auf meiner Schulter. Unsere Blicke begegneten sich, und er lächelte still.

»Ich wußte, daß dich das Naturkundemuseum interessieren würde«, sagte er. »Und du hast recht, wenn du zuerst diese Abteilung studierst, bevor du weitergehst. Komm, ich zeige dir etwas.«

Die Hand weiterhin auf meiner Schulter, führte er mich zu einem Regal mit Eidechsen. In einem Glas befand sich eine Echse mit einem extrem langen, peitschenartigen Schwanz. Sie war mit dem Rücken auf eine Platte genietet. Ihr Bauch war geöffnet, die Haut wie zwei Portale aufgeschlagen, und das pistaziengrüne Gedärm lag bloß. Ihre langen Krallen waren wie zu einem rituellen Tanz gespreizt, die blauen Augäpfel mit einem Häutchen überzogen, wodurch sie wie Rauschbeeren aussahen, und der Mund lächelte. Ja, er lächelte tatsächlich, und es war ein unangenehmes Lächeln.

Mir war nicht klar, warum der Lehrer mir diese Echse zeigen wollte. Ich war drauf und dran weiterzugehen, als der Lehrer leicht an das Glas klopfte. Das Klopfen pflanzte sich als eine kaum merkliche Wellenbewegung in der gelben Flüssigkeit fort. Und plötzlich schlug die Echse mit ihrem langen Schwanz! Ein heftiger, blitzschneller Peitschenhieb von einer Seite des Glases zur anderen. Mein Blick konnte ihm nur mit knapper Not folgen, und ich wollte nicht glauben, was ich gesehen hatte.

»Ist sie nicht tot?« flüsterte ich erschrocken.

Der Lehrer war jedoch schon auf dem Weg aus der Abteilung für niedere Lebewesen, und ich eilte ihm nach. Bevor ich ging, warf ich noch einen letzten Blick auf die Echse mit dem geöffneten Bauch, und mir war, als lächelte sie noch mehr.

»Ich muß nach den anderen Jungen und Mädchen sehen. Sie sind so lebhaft und machen mir ein wenig Sorge«, sagte der Lehrer.

Wir kamen in einen großen Saal mit hoher Decke. Dort war es schummrig, beinahe dunkel, denn es gab keine Fenster. Ganz oben verliefen an den Längsseiten und an einer Schmalseite Galerien, die von Säulen getragen wurden. An mehreren Stellen führten Treppen hinauf. In diesem Saal standen Vitrinen mit ausgestopften Tieren. Die Vitrinen waren in Reihen aufgestellt, so daß sie Wände von Gängen bildeten.

In jeder Vitrine gab es Lampen, die das ausgestopfte Tier beleuchteten. Neben der Vitrine befand sich eine mit brauner Tinte in zierlicher Handschrift beschriebene Scheibe, die von einer kleinen Lampe, wie man sie über den Noten auf einem Klavier oder über einem Gemälde findet, beschienen wurde. Das war die einzige Beleuchtung in diesem Raum. Ansonsten war es dunkel.

Meine Mitschüler, die lebhafter waren als ich, rannten zwischen den Vitrinen umher, in die Säulengänge hinein und die Treppen zu den Galerien hinauf. Der Lehrer versuchte, sich streng zu geben, und schimpfte ängstlich ein paar Jungen aus. Dann trat er in einen der Säulengänge, und ich sah, wie er ganz hinten an einem Regal mit alten, in Leder gebundenen Büchern stehenblieb. Er nahm einen Band herunter und schlenderte langsam zurück, das Buch aufgeschlagen vor sich. Er hielt bei zwei Mädchen an, die eine Vitrine mit einer Fuchsfamilie vor ihrem Bau betrachteten, und las ihnen aus dem Buch etwas über das Leben der Füchse vor. Die Mädchen kicherten und aßen irgend etwas aus einer Tüte. Dann rannten sie in die Dunkelheit davon, und der Lehrer blieb allein zurück und schlug, während er den Mädchen lächelnd nachsah, das Buch zu.

Ich stellte mich neben ihn und wünschte mir, der Lehrer würde auch mir etwas vorlesen.

»Ich frage mich, wo die kleine Elinor steckt«, sagte er nur und ging.

Ich wanderte durch das Labyrinth der Vitrinen. Die Tiere waren stümperhaft ausgestopft, hatten deutlich sichtbare Stiche und Anzeichen von Mottenfraß. Trotzdem wirkten sie fast lebendig. Mir fiel die Echse mit dem Peitschenschwanz ein, und ich überlegte, ob ich vielleicht vorsichtig an das Glas der Vitrinen klopfen solle. Doch ich unterließ es.

Statt dessen betrachtete ich lange jedes Tier und entdeckte, daß die Tiere in Wirklichkeit nicht ganz stillstanden. Sie konnten zum Beispiel die Ohren spitzen oder eine Pfote oder einen Huf um ein paar Zentimeter verrücken. Die Bewegung war so geringfügig, daß man sie mehr ahnte als sah, und ich war mir auch nicht ganz sicher.

Im Schummerlicht oben auf den Galerien konnte ich vage erkennen, wie sich einige meiner Mitschüler um etwas drängten. Ich ging zu einer der Treppen, um zu ihnen hinaufzusteigen.

Doch als ich den Fuß der Treppe erreicht hatte, entdeckte ich einen schwachen grünlichen Schein, der von irgendwoher aus dem Säulengang an der Schmalseite des Saales drang. Ich trat unter die Galerie und fand eine offene Tür, von der aus eine Treppe nach unten führte. Ich stellte mich in die Türöffnung und schaute vorsichtig hinunter. Da sah ich, woher das grüne Licht kam. In eine Wand der Treppe war ein großes Aquarium eingelassen. Es war von innen erleuchtet, und die Wasserpflanzen und das Wasser färbten das Licht grün.

Mitten auf der Treppe vor dem Aquarium stand Elinor. Sie stand ganz allein dort, schaute aus großen Augen durch das Glas und merkte nicht, daß ich sie beobachtete.

Ich glaube, ich errötete ein wenig. Ich mochte Elinor. Ebenso wie ich blieb sie oft für sich. Wäre sie kein Mädchen oder ich kein Junge gewesen, hätten wir sicherlich die Gesellschaft des anderen gesucht. So aber hätte eine Freundschaft Hohn und böse Scherze der Mitschülerinnen und Mitschüler hervorgerufen, und wir erlaubten uns deshalb nur hin und wieder, einander anzusehen und ein paar Worte zu wechseln. Sie mußte sich an die Mädchen halten und ich mich an die Jungen, das waren die ungeschriebenen Regeln, und wir befolgten sie, obwohl wir uns beide zwischen denen, die unsere Kameradinnen oder Kameraden sein sollten, fremd fühlten.

Nun stand Elinor hier auf der Treppe zum Kellergeschoß des Museums und betrachtete mit ernstem Blick etwas, was sich im Wasser des Aquariums bewegte.

»Elinor«, sagte ich vorsichtig, um sie in ihrer Versunkenheit nicht zu erschrecken.

Sie schien aber überhaupt nicht erstaunt zu sein, daß ich da war. Sie nickte nur, ohne das Aquarium aus den Augen zu lassen. Ich stieg die Treppe hinunter und stellte mich neben sie, nachdem ich mich mit einem Blick nach hinten vergewissert hatte, daß keines der anderen Kinder da war.

»Ist sie nicht wundervoll?« flüsterte Elinor, und ihre kleine Hand löste sich vom Geländer und zeigte auf das Tier im Aquarium.

Eine Riesenschildkröte schwamm langsam umher, und hinter ihr wirbelten die Algen wie kleine grüne Punkte. Hin und her glitt die Schildkröte, während sie langsam ihre runzligen Beine auf und ab bewegte, als seien es Flügel.

»So groß und schwer. Und trotzdem schwebt sie leicht wie ein Vogel«, fuhr Elinor fort.

»Ja«, sagte ich, betrachtete aber statt dessen Elinors Hände, die auf dem Geländer ruhten. Ist es wahr, daß sie sterben wird? fragte ich mich. Und wie zufällig legte ich meine Hand dicht neben die ihre auf das Geländer, so daß deren Außenseiten sich berührten.

Da standen wir nun, Elinor und ich, Seite an Seite, die

Hände dicht aneinander. Ich befand mich eine Treppenstufe höher als sie und schaute auf ihre trockenen, wirren Locken hinunter. Im Haar neben ihrer Wange glänzte ein Speicheltropfen. Die Schildkröte glitt dicht hinter dem Glas vorbei und zwinkerte mit ihren alten, klugen Augen.

Plötzlich zog Elinor ihre Hände zurück und sah zur Tür hinauf. Sie hatte ein scharfes Gehör. Zwei Jungen hatten ihre neugierigen Gesichter durch die Türöffnung gesteckt, und im nächsten Augenblick war Elinor die Treppe hinuntergelaufen. Ich blieb am Aquarium stehen, um Abstand zwischen uns aufkommen zu lassen. Sie verschwand in der Dunkelheit. Ich glaube nicht, daß die Jungen sie bemerkt hatten.

Sie glaubten, sie hätten als erste die Treppe entdeckt. Dann fiel ihr Blick auf mich, und sie fragten, was es dort unten gebe. Ich antwortete, daß ich es nicht wisse, weil ich noch nicht dort gewesen sei. Die Jungen lachten und rannten die Treppe hinunter, und nach einem Weilchen folgte ich ihnen.

Zuerst dachte ich, dort sei es absolut finster. Aber dann gewöhnten sich die Augen an die äußerst spärliche Beleuchtung über jedem Käfig. Hier befanden sich die Tiere nämlich in Käfigen anstatt in Vitrinen.

Es waren sonderbare Geschöpfe. Das merkwürdige Gefühl, das ich beim Anblick der Tiere im Stockwerk darüber verspürt hatte, verstärkte sich noch. Diese Tiere wirkten lebendig, erheblich lebendiger als diejenigen, die ich zuvor gesehen hatte. Aber richtig leben, das taten sie dennoch nicht. Es lag etwas Unwirkliches in ihren Bewegungen, und ihre Augen waren ohne Glanz.

Ich blieb verblüfft vor dem ersten Käfig stehen. Ein

großes beigefarbenes Pelztier mit einem Gesicht wie ein Bluthund und Ohren wie ein Hase saß, ans Gitter gelehnt, schwerfällig auf seinem Hinterteil und guckte mit großen, melancholischen Augen geradeaus. Meine beiden Klassenkameraden sahen abwechselnd das Tier und einander an, zuckten die Schultern und grinsten unsicher. Keiner von ihnen wollte seine Verblüffung und seine Unkenntnis darüber, daß ein solches Tier überhaupt existierte, zu erkennen geben.

In einem anderen Käfig befanden sich sechs oder sieben blauschwarze Panther, die langsam und lautlos über-, unter- und umeinander herum glitten, so daß sie, geschmeidig und schimmernd, einem einzigen sich windenden und wälzenden Körper glichen. Ihre Augen hatten etwas Sonderbares an sich. Ihnen fehlte der Blick, und als ich mich ein paar Schritte näher gewagt hatte, entdeckte ich, daß die Tiere Facettenaugen hatten. Sie blitzten wie Schmuckstücke auf Samt.

Jetzt war auf der Treppe das Getrampel von mehreren rennenden Füßen zu hören. Eine Gruppe von Jungen eilte herunter und sah sich mit den wachen Augen Zehnjähriger um, während die beiden ersten sie herumführten, als ob sie sich schon jahrelang und nicht erst seit fünf Minuten an diesem Ort befänden. Die Mädchen, die vorher die Vitrine mit den Füchsen betrachtet hatten, standen oben bei der Schildkröte, unschlüssig, ob sie weitergehen sollten. Immer mehr entdeckten die Treppe, und bald war die ganze Klasse hier unten versammelt. Die beiden Jungen wiederholten unentwegt, daß sie die ersten gewesen seien. Waren sie aber gar nicht. Elinor war die erste gewesen, und ich suchte sie mit dem Blick.

Nach einer Weile entdeckte ich sie im Dunkeln. Hinten an der Wand führten ein paar provisorische Stufen zu einer kleinen Plattform empor, wo eine Art Fernrohr in die Wand montiert war. Elinor stand auf den Zehenspitzen und guckte hindurch.

Ich postierte mich unterhalb von ihr und versuchte ihrem Gesicht abzulesen, was sie sah. Es war jedoch zu dunkel. Ich wünschte, sie würde weitergehen, so daß ich auch schauen könnte, doch sie blieb stehen, und ich wollte sie nicht stören. Als ich nach einer Weile wiederkam, war sie fort.

Da stieg ich auf die Plattform, stellte mich an das Fernrohr und legte neugierig mein Auge daran.

Ich blickte in einen großen Guckkasten. Man hatte den Raum wie ein Stück Natur eingerichtet. Es gab Fichten und Birken, weiches Moos und Steine. Die hintere Wand war von einer Leinwand bedeckt, die so beleuchtet wurde, daß sie wie ein Himmel wirkte. Genau dieselbe Technik hatte ich schon im Theater angewandt gesehen. Der Himmel war wäßrig blau und unten so blaßrot, als ob die Sonne soeben untergegangen wäre oder gleich aufgehen werde. In der Ferne schien auch ein See zu sein. Das Ganze war sehr geschickt gemacht. Ich blickte ganz einfach während einer Sommernacht in einen Wald.

An den Seiten standen die Bäume so dicht, daß man das Gefühl hatte, der Raum sei unbegrenzt. Der Wald schien sich meilenweit zu erstrecken. In der Mitte war eine Lichtung. Der Eindruck, eine lebendige Landschaft zu sehen, beruhte vielleicht auch darauf, daß man die Szene nur aus einem einzigen Blickwinkel sah, nämlich dem, auf den das Fernrohr eingestellt war. Die Bäume wirkten ziemlich echt, ebenso die Flechten an den Stämmen der Fichten und das frische Moos.

Irgendwo aus dem Dunkel der Fichten flatterte ein kleiner Vogel auf. Er tat ein paar Flügelschläge in Richtung des sich rötenden Himmels und war verschwunden. Es war wirklich phantastisch. Ich verstand, warum Elinor so lange geguckt hatte.

Dann wurden ein paar Zweige zur Seite gedrückt, und sie stand selbst dort. Elinor. Sie hatte ihren dicken Wintermantel ausgezogen und trug ihn über der Schulter. Sie sah direkt in meine Richtung, und ich fragte mich, ob sie wußte, daß sie beobachtet wurde. Aber es schien nicht so.

Sie schaute sich um, wandte sich in die Richtung, wo der Himmel und der See zu sehen waren, und setzte sich dann auf einen Stein. Ohne Eile begann sie ihre Stiefel aufzuschnüren. Sie knöpfte ihre Strickjacke auf und warf sie mit einer lässigen Bewegung von sich.

Ich betrachtete sie verblüfft. Sie wirkte völlig ruhig und unbekümmert. Sie fuhr damit fort, sich einen Strumpf auszuziehen und kratzte sich ausgiebig am Bein. Als sie sich erhob, um ihren Rock aufzuknöpfen, schlug sie in die Luft – nach Mücken, wie mir schien – und schnitt eine kleine Grimasse. Der Rock fiel auf die Erde, sie stieg aus ihm heraus und ließ ihn liegen, wo er gelandet war. Dann zog sie ihre Bluse aus, und in Unterhemd und Unterrock und nur einem Strumpf stand sie schließlich da und horchte gleichsam auf etwas unten am See. Mir war klar, daß sie sich ganz und gar unbeobachtet glaubte.

Sie setzte sich wieder auf den Stein und begann den zweiten Strumpf hinunterzukrempeln. Dann aber horchte sie wieder auf. Ihre Lippen teilten sich ein wenig, ihre Augenbrauen gingen in die Höhe, so als erkenne sie etwas. Dann zog sie, ohne darauf zu achten, was sie tat, ganz langsam ihren Strumpf aus, erhob sich, ging ein paar Schritte mit dem Strumpf in der Hand und ließ ihn schließlich ins Moos fallen.

Elinor wanderte zögernd davon. Sie hätte an die hintere Wand gelangen müssen. Aber sie ging weiter. Immer weiter in die Landschaft hinein, hin zum See und dem Sommernachthimmel. Das letzte, was ich von ihr sah, war ihr Unterrock, der in der Dämmerung als kleiner weißer Fleck zwischen den Bäumen leuchtete.

»Elinor!« wollte ich rufen. Aber es wurde nur ein Flüstern. Ich umklammerte das Geländer vor mir, ich preßte das Auge derart ans Fernrohr, daß mir das Stirnbein weh tat.

Sie war fort. Zurückgeblieben waren nur ihre Kleider und ihre Stiefel im Moos.

Ich raste die Plattform hinunter und wäre um ein Haar gestürzt, geblendet wie ich in der plötzlichen Dunkelheit um mich herum war. Ich tastete mich an der Wand entlang und suchte nach einer Tür. Ich fand keine.

Da sah ich den Lehrer auf die Plattform steigen, durch das Fernrohr gucken und dann ruhig wieder heruntersteigen. Er kam zu mir her, zog ein vergilbtes Taschentuch aus seiner Brusttasche und reichte es mir. Erst da merkte ich, daß ich weinte. Das Taschentuch roch nach einem Mottenmittel und etwas anderem. Ich drückte es mir ans Gesicht und versteckte mich dahinter.

»Kommt sie nie mehr zurück?« fragte ich leise.

»Nein«, antwortete der Lehrer.

Dann sammelte er die Klasse ein und sagte, es sei Zeit, nach Hause zu gehen. Die Tiere wirkten schläfrig.

Wir stiegen die Treppe hinauf. Die Schildkröte zwinkerte mir mit ihren runzligen Augenlidern zu. Wir gingen an den Vitrinen mit den ausgestopften Tieren vorbei, an der Abteilung mit den niederen Lebewesen und kamen ins Vestibül, wo der Wärter in seiner stattlichen Uniform noch immer schlief.

Draußen wurde es schon dunkel. Das war gut, denn so merkte niemand, daß ich geweint hatte.

Wir stellten uns in zwei Reihen auf, die Mädchen in einer und die Jungen in einer, gingen die Straße entlang bis zur Kreuzung, wo wir uns trennten und jeder zu sich nach Hause ging.

Elinor aber war nicht mehr unter uns. Ich glaube, ich war der einzige, der sie vermißte.

Maj Sjöwall | Lang, lang ist's her ...

Obwohl das Schneegestöber ihr Gesicht peitschte und der Schneematsch in ihren linken aufgerissenen Schuh drang, war Blondie in bester Laune. Schon beim Aufwachen hatte sie das bestimmte Gefühl, dieser naßkalte Januartag würde ihr Glück bringen, und dieses Gefühl nahm zu, als sie am späten Vormittag die Papierkörbe am Ringvägen abklapperte und eine so reichliche Ernte an Blechdosen und leeren Flaschen einfuhr, daß ihre beiden großen Plastiktüten bis zum Rand gefüllt waren. Bei *Metro* in Ringens Einkaufszentrum konnte sie für die Quittung aus dem Dosenautomaten achtzehn Kronen kassieren, und in *Systembolaget* auf Götgatan rasselten zwei blitzende Zehner und vier Kronenstücke in die Münzausgabe des Leergutautomaten.

Blondie glättete die Tüten auf dem Tresen und faltete sie zu kleinen Paketen, die sie in die großen Taschen ihres weiten Herrenmantels stopfte, dabei blickte sie sich in dem hellen Laden aufmerksam um. Gemütlich war es hier, fand sie, besonders wenn viele Leute da waren, so wie jetzt in der hektischen Mittagspause an einem Freitag. Na, und all die glänzenden Reihen der Flaschen in den Glasschränken an einer der Längswände. Sie blieb eine ganze Weile stehen und besah sich die feinen, teueren Weine und die Champagnerflaschen, die auf ihren Drehständern im Vitrinenschrank würdevoll an ihr vorbeizogen.

Zusammen mit den zwölf Kronen, die sie bereits in der Tasche gehabt hatte, besaß sie nun genügend Geld, um sich eine halbe Flasche Dessertwein leisten zu können und trotzdem noch siebzehn Kronen übrig zu behalten, aber nach sechs trockenen Tagen hatte ihr Verlangen nach Alkohol eher abgenommen, als daß es größer geworden wäre, wie sie eigentlich erwartet hatte. Sie stellte sich vor, daß das wohl mit dem Alter zusammenhing. Als man jünger gewesen war, hatte das Saufen mehr Spaß gemacht, jetzt ging es einem beinahe besser, wenn man nüchtern blieb. Manchmal trank man Alkohol, nur weil eben welcher da war, oder um sich bei der Kälte warm zu halten. Außerdem konnte sie es sich ja immer noch anders überlegen, bis *Systembolaget* schloß.

Sie rückte den Riemen ihrer Schultertasche zurecht und trat hinaus in das Schneetreiben. Der Strumpf an ihrem linken Fuß war durchnäßt, und ihre Zehen froren. Blondie entschloß sich, etwas dagegen zu tun, und weil sie sich wohl und selbstbewußt fühlte, würde es sicher auch elegant funktionieren.

Zielstrebig patschte sie mit schnellen Schritten durch den Matsch über die Straße und trat in das Warenhaus *Ahlens.* Die Strumpfabteilung befand sich im Erdgeschoß, und sie ging eine Weile zwischen den Regalen hin und her, bis sie überzeugt war, nicht beobachtet zu werden. Schnell raffte sie ein Paar dicke Socken und ließ sie in ihre Tasche gleiten. Für jemanden, der so abgerissen und arm aussah wie sie, war das Klauen gefährlich. Sie brauchte nur in einen Laden zu treten, schon zuckten die Verkäuferinnen zusammen und schienen selbstverständlich davon auszugehen, sie käme nur, um zu stehlen. So was wußte sie aus Erfahrung. Deshalb klaute sie selten und nur wenn sie ganz sicher sein konnte, von niemandem beobachtet zu werden.

Auf dem Weg zum Ausgang blieb sie da und dort stehen, faßte die eine oder andere Ware prüfend an, während sie herauszufinden versuchte, ob sie nicht doch observiert worden war. Dann ging sie ruhigen Schrittes durch die Türen ins Freie und überquerte die Straße, ohne daß jemand sie aufzuhalten versuchte.

Die Zehen waren nun fast gefühllos, aber Blondie war in guter Stimmung, denn sie hatte sich überlegt, wie sie es anstellen konnte, ihr Füße schnell wieder warm und trocken zu kriegen.

Die Leute schienen in einem unübersichtlichen Gewimmel in entgegengesetzter Richtung unterwegs zu sein, als sie Götgatan in nördlicher Richtung hinaufging. Mehrmals wurde sie von entgegenkommenden Jugendlichen in die Seite geboxt, und als ein junger Mann, der so aussah, als sei er doppelt so groß wie sie, ihr in die Seite stieß, so daß sie beinahe in den Matsch fiel, schrie sie ihm nach:

»Bin ich vielleicht durchsichtig? Siehst du mich nicht? Verdammter Bengel!«

Auf Åsögatan war kein Gedränge mehr, nur wenige Menschen begegneten ihr, bevor sie am Ziel war.

Blondie stieß die Tür zur Ambulanz auf und ging die Treppe hinauf. Viele Male schon war sie hier auf die Toilette gegangen, und nur einmal war sie hinausgeworfen worden, ehe sie das Klo erreicht hatte, und hatte sich in einem Hauseingang in der Nähe hinhocken müssen, um ihr Geschäft zu machen.

Vor dem Empfang hatte sich eine kleine Schlange gebildet, und die weiß gekleidete Frau hinter der Scheibe schien vollauf beschäftigt zu sein. An einem Ende der Theke, die vor dem Schalter entlanglief, standen ein Stuhl und zwei

Körbe, einer für neue Schuhüberzüge und einer für die gebrauchten. Blondie setzte sich und zog die blauen Plastiktüten über ihre Schuhe. Dann stopfte sie sich ein weiteres Paar in ihre Tasche, stand auf und ging mit schlurfenden Schritten auf die Toilette. Niemand in der Schlange würdigte sie eines Blickes, und die Frau am Empfang blätterte in ihren Papieren.

Blondie setzte sich auf den Klodeckel und zog sich die Schuhe und die Strümpfe aus. Sie nahm ein dickes Bündel Papierhandtücher aus dem Behälter und knetete ihren Fuß, bis er trocken und warm war. Dann zog sie sich die soeben gestohlenen Strümpfe an, streifte einen Schuhüberzug über jeden Fuß und band sich die Schuhe wieder zu. So wie jetzt mit warmen und trockenene Füßen fühlte sie sich pudelwohl, und daß sich die hellblauen Plasikkanten mit dem Gummizug in bauschigen Falten um ihre Knöchel legten, sah sogar richtig witzig aus, fand sie.

Als sie auf die Straße kam, hatte es aufgehört zu schneien, und sie blieb einen Augenblick unschlüssig stehen, bevor sie sich nach rechts in Richtung Renstiernas gata auf den Weg machte. Vor der Apotheke stand eine Flasche, in der Kirschwein gewesen war, und die rollte sie in eine ihrer Plastiktüten und stopfte sie in die Umhängetasche. Sie ging weiter hinunter Richtung Nytorget, wo die Säufer sich gewöhnlich herumdrückten. Nicht eigentlich, weil sie sich in ihrem nüchternen Zustand nach der grölenden und lallenden Gesellschaft dieser Leute sehnte, und außerdem würden sie bei so einem Wetter auch kaum dort herumhängen.

Blondie kam sich plötzlich untätig und auch ein wenig unschlüssig vor nach dem, was sie an diesem Tag schon alles erfolgreich hinter sich gebracht hatte. Vor ein paar Wochen noch hätte sie jetzt anfangen müssen, sich um ein Nachtquartier zu kümmern, aber sie hatte ja die Kajüte auf dem Schlepper am Söder Mälarstrand für einige weitere Wochen zur Verfügung gestellt bekommen, und solchen Luxus hatte sie lange nicht mehr genossen.

Bei den großen Kunststoffbehältern an der Ecke Skånegatan entdeckte sie Öland. Er stand auf Zehenspitzen auf einem umgedrehten Milchkasten und hatte den Arm tief in das Loch gesteckt. So versuchte er, an die oberste Schicht der Flaschen heranzukommen. Wenn die Oberkante der dort hineingeworfenen Flaschen das Loch erreichte, konnte man manchmal eine ganze Reihe von Pfandflaschen aussortieren, aber wie es jetzt aussah, war der runde Behälter kaum mehr als bis zur Hälfte gefüllt. Öland schien beinahe zwischen den Flaschen zu verschwinden, so wie er da auf Zehenspitzen stand und ächzte.

»Tag, Öland, wie geht's denn so?«

Öland zog den Arm heraus und sprang von dem Kasten herunter.

»So la la. Die liegen zu tief drin. Man muß ein paar Tage warten. Wie geht's dir denn so, meine Lilie, meine kleine Rose?«

»Also, bei mir ist alles bestens«, antwortete Blondie. »Spitze, wirklich.«

Beinahe wäre ihr die Sache mit dem Schlepper rausgerutscht, aber sie riß sich noch rechtzeitig zusammen. Im letzten Winter hatte Öland sich Zutritt zu einem Haus auf Kocksgatan verschafft und Blondie zwei Monate in sein Schlafgemach in der Waschküche des Hauses mitgenommen, ehe sie beide dort entdeckt wurden. Wenn Öland etwas von der Kajüte erfuhr, würde er vielleicht darauf bestehen, dort mit unterzuschlüpfen, sozusagen als Gegendienst, und das kam gar nicht in Frage. Wenn sie nun schon ein einziges Mal ein eigenes Heim hatte, auch wenn es nur vorübergehend war, wollte sie das unter gar keinen Umständen mit jemandem teilen.

»Na, denn isses ja gut, Schätzchen«, sagte Öland. »Fliegende Fahnen und klingendes Spiel, Laune bestens. Haste was zu rauchen?«

»Nee. Und nichts zu trinken und keine Kohle. Da biste bei mir an der falschen Adresse, Örjan Lage Andersson. Bist du eigentlich jemals auf Öland gewesen?«

»Nee, den Namen haben se mir beim Barras verpaßt. Da gab es auch einen, den se Gotland genannt haben. Aber der war von da, glaub ich. Was hastn da für komische Dinger anne Füße?«

»Na ja, die Schuhe sin undicht, da hab ich mir Isolierungsmaterial organisiert.«

»Sieht nicht schlecht aus«, lobte Öland und blickte hinunter in den Park. »Heute keiner von den Kameraden draußen.«

»Hast recht, die sitzen wohl zu Hause in ihren Schlössern und trinken Champagner.«

Blondie sehnte sich ebenfalls nach einer Zigarette, und so beschlossen sie, hinunter zu *Systembolaget* in Folkungagatan zu gehen. Da bildete sich freitags immer eine Schlange, und es bestand die Chance, jemanden zu finden, den man um eine Zigarette anhauen konnte. Tatsächlich gelang es beiden auch sofort, von einer Gruppe von Bauarbeitern, die dort vor der Tür darauf warteten, an die Reihe zu kommen, eine Zigarette zu erbetteln.

Danach wanderten Blondie und Öland den Rest des Nachmittags ziellos auf Söder umher. Blondie gab Öland eine ihrer Plastiktüten, und sie teilten geschwisterlich, was sie so in Papierkörben und Containern fanden.

Blondie war eigentlich gern mit Öland zusammen, aber als es nach der kurzen Dämmerung richtig dunkel geworden war, überlegte sie doch, was sie zum Vorwand nehmen konnte, um sich von ihm zu trennen, ohne zugeben zu müssen, daß sie ein Ziel hatte. Sie war hungrig, sehnte sich nach ihrem Zuhause und hatte überhaupt keine Lust, die ganze Nacht mit ihm herumzutrotten.

Das Problem löste sich von selbst, als sie bei Björns Trädgård ankamen. Dort trafen sie nämlich einige von Ölands Kumpanen, die genügend zu trinken bei sich hatten, und daher konnte Blondie ihren Weg ohne irgendeine Erklärung fortsetzen.

Es war kälter geworden und die Sterne funkelten am Himmel. Der Schneematsch war zu Eis gefroren, und sie schlurfte vorsichtig mit kurzen Schritten auf ihren glatten, abgenutzten Sohlen.

Unten an Maria Trappgränd fand sie einen Einkaufswagen, den jemand dort stehen gelassen hatte. So einen kann man immer brauchen, überlegte Blondie, und außerdem kann ich mich auf dem Weg nach Hause daran festhalten. Sie legte ihre Tasche mit dem zusammengesammelten Inhalt in den Wagen und begann das klappernde Gefährt vor sich her zu schieben. Nach einem glücklichen Tag würde sie bald zu Hause sein.

Netta wachte davon auf, daß ihr Arm wehtat. Sie lag in Olofs Bett, und im Schlaf hatte er sich halb auf sie draufgewälzt, so daß seine harte Schulter sich in ihren Oberarm bohrte.

»Au!« sagte Netta und knuffte ihn, während sie versuchte, den Arm freizubekommen. »Rück mal 'n Stück, du Brummbär.«

»Was is 'n los, was is 'n los«, nuschelte Olof, drehte sich um und schlief wieder ein.

Netta blickte auf die Uhr. Bald halb acht, viele Minuten hatte er also nicht mehr zu schlafen. Obwohl heute Freitag war, und freitags nahm er sich meistens frei, mußte er um neun zu einer wichtigen Besprechung, und bevor sie gegen vier eingeschlafen waren, hatte sie ihm versprochen, ihn so rechtzeitig zu wecken, daß er pünktlich sein konnte.

Sie saß eine Weile auf der Bettkante und spürte, wie es in ihrem Kopf pochte, dann stand sie auf, zog den Morgenmantel an und ging die Treppe hinunter in die Küche. So schlimm sah es da gar nicht aus. Das Geschirr vom Abendessen stand über dem Geschirrspüler gestapelt, und sie hatte immerhin noch die Tassen, Cognacschwenker und Aschenbecher aus dem Wohnzimmer hinausgetragen und sie auf den Küchentisch zwischen Erdnußschälchen und Trinkgläser gestellt.

Sie spülte eines der Gläser, füllte es mit kaltem Wasser und legte zwei Treo-Tabletten hinein. Während die Flüssigkeit klarer wurde, räumte sie den Küchentisch leer, wischte ihn ab und legte das Geschirr in die Spülmaschine.

Sie leerte das Glas, in dem die Tabletten sich aufgelöst hatten, ließ es wieder voll Wasser laufen, tat Treo hinein, setzte sich hin, stützte den Kopf auf die Hände und wartete auf das Nachlassen des Hämmerns in ihrem Kopf.

Angefangen hatte es damit, daß die Nachbarn, Sivan und Klutte, mit einer ganzen Reihe eigenartiger Flaschen herübergekommen waren, um sie zu einem Drink einzuladen, den zu mixen sie auf Jamaica gelernt hatten. Zu Anfang war der auch verdammt gut gewesen, mit Rum und Fruchtsäften und Eis und Beeren und Gott weiß noch, aber nach dem dritten Glas schmeckte er nur noch süßlich klebrig, und sie beschlossen, daß Sivan und Klutte zum Essen dableiben sollten. Danach tranken sie Schnaps zu Anschovis-Schnittchen und warteten, bis der Auflauf zum Lammfilet fertig war. Na, und dann tranken sie diesen neuen Médoc-Wein, von dem Olof einen ganzen Karton mit nach Hause gebracht hatte, jeder mindestens eine Flasche, wenn sie es richtig überlegte. Und danach Kaffee und Cognac, und als Sivan und Klutte nach Hause gewankt waren, hatten Netta und Olof weiter Kognak getrunken, und dann hatten sie angefangen, sich über irgend etwas zu streiten, an das sie sich nicht mehr erinnern konnte, schließlich hatten sie sich wieder ausgesöhnt, aber zum Bumsen waren sie dann doch nicht mehr in der Lage gewesen. Kein Wunder, daß sie sich jetzt so fühlte.

Die Kopfschmerzen schienen ein wenig abzunehmen und Netta setzte Kaffee auf, preßte vier Apfelsinen in zwei Gläser aus, trank das eine hastig aus, nahm das andere in die rechte und das Treo-Glas in die linke Hand und ging hinauf, um Olof zu wecken.

Das war nicht leicht, aber schließlich richtete er sich auf, trank die beiden Gläser aus und ging ins Bad. Währenddessen setzte Netta sich an den Frisiertisch und begann, die Reste des Make-ups von gestern zu entfernen, die sie bei Tageslicht nicht gerade hübscher aussehen ließen.

»Fünfundfünfzig Jahre, wie gräßlich, und man sieht es«, sagte sie zu ihrem Spiegelbild. »Altes Weib!«

Olof kam zurück und begann sich anzuziehen. »Verflucht noch mal, wie kann man nur so verrückt sein und sich am Abend vor einer so wichtigen Besprechung voll laufen lassen.«

»Müssen dich diese Japaner denn heute wirklich noch mal sprechen?« fragte Netta. »Ihr habt doch die ganze Woche über zusammengesessen. Nehmen die sich in Japan denn niemals frei?«

»Nee, die arbeiten immer.«

»Ist deine eigene Schuld. Na, und ich, ich habe versprochen, zu Mama nach Äppelviken zu fahren und mich dort mit Tante Sara zu treffen, die aus Italien wiedergekommen ist. Das ist mindestens ebenso anstrengend wie ein Haufen Japaner.«

»Diese gesellschaftlichen Verpflichtungen den Nachbarn gegenüber gehen mir auf die Nerven«, brumme Olof und suchte einen passenden Schlips aus.

Jetzt fiel Netta ein, worüber sie sich gestritten hatten. Olof wollte das Haus verkaufen und in die Stadt ziehen, jetzt, nachdem die Kinder ausgeflogen waren. Aber das wollte Netta nicht. Denk an die Enkelkinder, hatte sie gesagt. Die müssen doch mal raus aufs Land kommen. Welche Enkelkinder, hatte Olof gefragt. Na, wir werden doch irgendwann mal Enkelkinder haben, hatte Netta zu bedenken gegeben, und Olof hatte auf die ihm eigene trokkene Art nur geantwortet: Das glaube ich nicht, sowohl Madeleine als auch Christer sind viel zu egoistisch, um sich Kinder anzuschaffen. Und damit war der Streit in vollem Gange.

Aber im Augenblick hatte Netta weder Lust noch die Kraft, sich zu streiten, sie hielt sich also zurück, während sie neue Mascara auf ihre Augenlider pinselte.

»Ich muß mich jetzt beeilen«, stellte Olof fest. »Wir essen mittags mit den Japsen, und dann müssen wir raus und den ganzen Nachmittag lang die neuen Lagerhallen in Stuvsta ansehen.«

»Wann kommst du nach Hause?«

»Um sechs bin ich sicher wieder hier. Spätestens. Wir essen dann was Leichtes, nicht? Und dann ziehen wir alle Vorhänge zu und schließen die Tür ab und lassen keine Menschenseele über unsere Schwelle.«

»Richtig, und wir ziehen den Telefonstecker raus«, ergänzte Netta. »Hummer. Der ist jetzt billig. Der frische amerikanische, den sie bei *Hammarströms* selbst kochen. Ich kaufe ihn ein.«

»Prima«, stimmte Olof zu. »Und Champagner. Nur Champagner. Keine süßlichen klebrigen Drinks. Leg ein paar Flaschen in den Kühlschrank, bitte.«

Netta bekam einen Klaps auf die Wange, wodurch der Augenbrauenstift verrutschte, und die Folge war ein Strich bis an den Haaransatz.

»Guck mal, was du gemacht hast«, maulte sie, aber da war Olof bereits auf dem Weg die Treppe hinunter.

»Tschühüs!« rief er, und dann fiel die Haustür ins Schloß.

»Tschüs, tschüs, tschüs«, zischte Netta durch die Zähne und bearbeitete die Stirn mit einem Wattebausch. »Männer!«

Da sie mit dem Auto fahren und sich hauptsächlich im Hause aufhalten würde, nahm Netta den kurzen Pelz, und obwohl es draußen matschig zu sein schien, zog sie sich die neuen mahagonibraunen Stiefel mit langem Schaft und hohen Absätzen an. Die waren etwas eng, aber sie sahen sehr elegant aus.

Auf dem Weg nach Äppelviken bog sie bei dem Fischgeschäft ein und kaufte zwei große frisch gekochte Hummer, die sie sorgfältig einpacken ließ und in den Kofferraum legte, den sie gewissenhaft abschloß.

Der Nachmittag bei ihrer Mutter wurde nicht so langweilig, wie sie befürchtet hatte. Tante Sara, die zweiundsiebzig Jahre alt war, hatte in Bologna einen Herrn kennengelernt und erzählte fröhlich und selbstironisch von ihrer zwei Wochen dauernden Romanze. Und Mama war ausnahmsweise guter Laune und beklagte sich kein einziges Mal über irgend etwas. Sie bot Sherry und kleine Pasteten an und erzählte sogar ganz locker von einigen Liebesgeschichten aus ihrer Jugendzeit.

Als Tante Sara gehen mußte, um rechtzeitig um halb fünf bei einer Freundin auf Kungsholmen zu sein, bot Netta sich an, sie dort hinzubringen.

Bei Fridhemsplan ließ Netta ihre Tante aussteigen und schob sich in die Fahrzeugschlange in Richtung Västerbron. Es schien eine Ewigkeit zu dauern, bis sie die Brükke überquert hatte, aber als sie schließlich auf der anderen Seite angekommen war und auf die Uhr sah, war es gerade mal zwanzig vor fünf. Trotz der Staus würde Sie es schaffen, lange vor sechs zu Hause anzukommen. Und heute brauchte sie kein Essen zu kochen, denn sie hatte ja Hummer.

Die Autoschlange löste sich auf, und die Fahrbahn sah trocken aus, daher gab sie Gas, als sie hinunter auf Söder Mälarstrand gekommen war.

Plötzlich, wie aus dem Nichts, tauchte etwas vor ihrem Kühler auf. Etwas, das glitzerte, und Netta trat kräftig auf die Bremse, als sie einen Stoß gegen den Wagen spürte und ein kratzendes Geräusch hörte. Die Ampel hinter ihr hatte auf Rot umgeschaltet, Gott sei Dank hatte sie also die Fahrbahn hinter sich frei. Sie bremste vorsichtig und ließ den Wagen mit den rechten Reifen auf den Radweg rollen, bevor sie heraussprang und mit schnellen Schritten zurücklief.

Als sie näher kam, erkannte sie, was da gegen das Auto geknallt war. Ein Einkaufswagen lag umgekippt auf der Fahrbahn, und eine Gestalt hatte sich darüber gebeugt und versuchte, ihn wieder aufzurichten. Zwischen dem Wagen und dem Rinnstein lagen verstreut Flaschen und Blechdosen. Netta stellte fest, daß die Ampel immer noch auf Rot war, und sie rannte, so schnell das mit ihren hohen Absätzen ging, auf den Einkaufswagen zu, stellte ihn aufrecht hin und erreichte mit ihm den Bürgersteig genau in dem Augenblick, als die Autos anfuhren. Es gelang ihr auch noch, ein paar Flaschen, die mitten auf der Fahrbahn lagen, mit dem Fuß auf die Seite zu schieben.

»Wie ist denn das passiert?« fragte sie die Frau, die immer noch Flaschen und Dosen aufsammelte und sie in den Wagen warf. »Sie sind doch nicht verletzt? Ich habe weder Sie noch Ihren Wagen gesehen. Der war plötzlich einfach da.«

Die Frau legte die letzte Flasche in den Wagen und richtete sich auf. Sie trug einen großen, weiten Herrenmantel, und auf dem Kopf hatte sie eine graue Pudelmütze, die sie tief in die Stirn gezogen hatte. An den Füßen Joggingschuhe, die vor langer Zeit vermutlich einmal weiß gewesen waren, und ein Paar eigenartige blaue Plastiktüten um die Knöchel gewickelt.

»Aber nein, mir fehlt nichts. Hab mir nur ein bißchen das Knie gestoßen, als ich vor Schreck hingefallen bin, aber das macht überhaupt nichts. Und der Wagen ist ja heil geblieben.«

»Ich verstehe einfach nicht, warum ich ihn nicht gesehen habe«, wunderte sich Netta.

»Ich stand da und wartete darauf, über die Straße gehen zu können, als er plötzlich einfach so von mir wegglitt und von selbst zu rollen anfing. Einen richtigen Schreck habe ich gekriegt, ich dachte, das Auto würde ins Schleudern kommen. Aber du kannst gut fahren, das sieht man.«

»Na und ob, das hätte böse ausgehen können. Tja, ist wohl kein größerer Schaden, hab richtig Glück gehabt«, meinte Netta und blickte zu ihrem Wagen hin. Sie hoffte, keine Kratzer im Lack abbekommen zu haben, denn die Stoßstange hatte den Aufprall wohl aufgefangen.

Da bemerkte sie, wie die Frau, die einen Kopf – oder genauer gesagt, einen Absatz – kleiner als sie selbst war, sie so eigentümlich anblickte. Sie stand mit offenem Mund da, so daß Netta ihre lückenhaften Zahnreihen sehen konnte. Die Frau zeigte auf sie und rief plötzlich:

»Bist du nicht Netta? Agneta Ljung?«

Netta starrte sie ebenfalls an. Wie konnte diese Person wissen, wer sie war?

»Doch«, gab sie zögernd zu, »das bin ich. Aber wie ...«

»Tja, lang ist's her«, erklärte die Frau. »Mädchenschule. Wir sind in die gleiche Klasse gegangen. Kannst du dich nicht mehr an mich erinnern? Blondie, Rut Blomberg.«

Vor Nettas innerem Auge tauchte ein rundliches, fröhliches Mädchen mit rosiger Haut, lockigem Haar und häßlichen, schlecht sitzenden Kleidern auf.

»Blondie«, hauchte sie überrascht. »Stimmt das? Bist du das wirklich?«

Den Zweifel in ihrer Stimme konnte sie nicht verbergen.

»Ja, hab ich doch gesagt«, bekräftigte Blondie. »Aber es ist lange her. Wie alt sind wir jetzt? Fünfundfünzig, nicht? Ist ja beinahe vierzig Jahre her, seit wir aus der Schule sind. Man verändert sich in einer so langen Zeit. Na, du natürlich nicht. Jedenfalls nicht sehr. Du siehst noch immer so aus wie früher. Und schick angezogen, das warst du ja damals schon.«

Sie sah Netta an, lächelte ein wenig, und mit einem Mal glich sie entfernt dem Mädchen, das sie damals gewesen war. »Komm ein Weilchen zu mir nach Hause«, lud Blondie ein. »Ich wohne hier. Auf dem Boot da hinten.«

»Nein, ich muß nach Hause«, entschuldigte sich Netta.

»Nur mal kurz. Ich muß mir das Knie ansehen. Vielleicht blutet es. Komm einen Moment mit.«

Netta zögerte. Was verband sie mit diesem Bettelweib, außer daß sie vor hundert Jahren zusammen zur Schule gegangen waren? Aber gleichzeitig war sie neugierig auf Blondie. Und sie hatte nie jemanden gekannt, der auf einem Boot wohnte. »Abgemacht«, gab sie nach. »Aber nur fünf Minuten. Mein Mann wird unruhig, wenn ich zu spät nach Hause komme. Aber, wie gesagt: Nur einen kurzen Augenblick.«

Netta wußte nicht, was sie erwartet hatte, wunderte sich aber, wie gemütlich die Kajüte des Schleppers wirkte. Und beinahe nett, obwohl die Bettwäsche unerhört zerlumpt aussah. Eine schmutzige Steppdecke mit mehreren Brandlöchern von Zigaretten darin und ein schmieriges Kopfkissen ohne Bezug. Netta dachte an ihren eigenen duftenden Wäscheschrank.

»Ich kann dir nicht viel anbieten«, entschuldigte sich Blondie. »Vielleicht eine Tasse Tee.«

»Nein, ich will ganz bestimmt nichts haben. Darf ich mir dein Knie mal ansehen?«

Blondie knöpfte den Mantel auf und rollte das Hosenbein hoch. Sie hatte zwei Jogginghosen an, und mindestens die äußere war blank gescheuert und fleckig. Das Knie war ein wenig geschwollen, und ein großer blaubrauner Fleck breitete sich darunter aus, aber die Haut war nicht aufgerissen. Blondie schob das Hosenbein wieder hinunter und fragte: »Hast du eine Zigarette?«

»Na klar. Wir rauchen eine Zigarette, aber dann muß ich wirklich gehen.«

Sie gab Blondie eine Zigarette und steckte sie ihr an.

»Wie kommt es, daß du hier so wohnst. Ich meine ...«

»Ich weiß, was du meinst. Erinnerst du dich, wie sie mich von der Schule gewiesen haben, weil ich schwanger war?«

Das wußte Netta nicht mehr. Damals hatte sie selbst die Mädchenschule verlassen, um in die Oberstufe einer anderen Schule zu gehen. Aber sie sagte nichts.

»Tja, ich will dich nicht mit einer endlosen Geschichte langweilen. Ich habe das Kind also bekommen. Svenne haute ab, und das Baby wurde zur Adoption freigegeben. Dann hatte ich einige schwierige Jahre, arbeitete mal hier, mal da, wurde wieder schwanger. Der Kerl verdrückte sich natürlich, und das Kind starb bei der Geburt. Na ja, das können wir alles überspringen. Ich heiratete einen Mann, der hieß Sture und soff. Da habe ich auch zu saufen angefangen, damit ich es überhaupt aushalten konnte. Geschlagen hat er mich auch, und es dauerte mehrere Jahre, bis ich ihn loswurde. Dann war eine Zeit lang Ruhe, ich habe im Krankenhaus gearbeitet und hatte eine Wohnung, aber ich hatte mich an Alkohol gewöhnt, wie man so sagt, und da verlor ich meine Arbeitsstelle. Hab mich mit Alkoholikern zusammengetan, miesen Typen natürlich, und da wurde ich schließlich auf die Straße gesetzt. Und so ist das gegangen. Diese Kajüte habe ich nur leihweise. In einem Monat oder so muß ich hier auch raus. Das ist in kurzen Zügen meine Lebensgeschichte. Aber jetzt geht es mir besser. Ich trinke nicht so viel. Klar, daß man sich nach einem geordneten Leben sehnt. Wohnung und so. Arbeit zu bekommen ist in meinem Alter ja wohl hoffnungslos. Arbeitest du denn, oder bist du nur verheiratet?«

Netta fühlte sich in eine andere Welt versetzt, wie sie sich da die deprimierende Lebensgeschichte von Blondie anhörte. »Doch, ich arbeite. In einem Anzeigenbüro. Schreibe Texte und so. Aber kannst du nicht Hilfe bekommen? Das Sozialamt ...« Netta zögerte. Ihr war bewußt, daß ihre Kenntnisse in dieser Hinsicht sehr begrenzt waren.

»Nein, mit Behörden will ich nichts mehr zu tun haben. Davon habe ich inzwischen genug. Von denen kann man nicht viel Hilfe erwarten, und ist man einmal rausgeflogen, dann bekommt man keine Wohnung mehr. Nein, ich muß selbst zurechtkommen.«

Netta wußte nicht, was sie dazu sagen sollte. Das waren

Bereiche und Lebensumstände, über die nachzudenken sie sich weigerte. Sie wollte nur noch weg aus diesem Elend. Dies hier ging sie nichts an.

»Nein, nun muß ich aber wirklich, damit Olof nicht unruhig wird«, sagte sie und hoffte im stillen, daß Blondie sie nicht nach ihrer Adresse fragte oder um die Telefonnummer bat.

»Ja, ich verstehe«, stimmte Blondie zu. »Ich begleite dich hinaus.«

Netta ließ die Zigaretten auf dem Tisch liegen.

»Nimm nur, wenn du vergessen hast, welche zu kaufen«, bemerkte sie beiläufig und kam sich dümmlich dabei vor.

Sie traten aus der Kajüte, und ein eisiger Windstoß von Riddarfjärden fuhr ihnen ins Gesicht. Es war sternenklar, der Mond war aber nicht zu sehen, und hier draußen am Kai war es dunkel, denn der Schein der Straßenlaternen reichte nicht bis hierher.

Blondie ging vor, stieg die kurze Leiter zum Achterdeck hinunter, und Netta folgte dicht hinter ihr.

»Geh vorsichtig, hier ist es glatt!« warnte Blondie.

Im gleichen Moment blieb Netta mit dem Absatz hängen und stolperte vorwärts, streckte die Hände aus, um sich an einer Reling oder einem Handlauf festzuhalten, aber sie fuchtelte durch die Luft und fiel gegen Blondie, und Netta hörte ein Platschen, bevor sie vornüber auf das vereiste Stahldeck hinschlug, und es dauerte eine Weile, bis sie begriff, daß Blondie über Bord gefallen war.

Netta richtete sich auf die Knie auf und sah jetzt, daß die Reling, die an der Seite des Bootes entlanglief, dort aufhörte, wo die Rundung des Achterdecks begann. Und da gab es keine Schutzvorrichtung, aber sie hielt sich an einem Poller fest und beugte sich vornüber, sah jedoch nur schwarzes Wasser, das gegen die Außenwand klatschte und schäumte und eisige Kaskaden über ihr Gesicht sprühte.

Schließlich stand sie auf und begab sich hinüber auf den Kai, wo der Einkaufswagen mit seinen Flaschen und Dosen stand, und sie ging weiter zu ihrem Auto und setzte sich hinters Lenkrad.

Sie zitterte am ganzen Körper, sie wußte nicht, ob vor Kälte oder wegen des Schocks oder aus beiden Gründen, aber sie trocknete sich mit dem Taschentuch das Gesicht ab und fuhr sich über die Haare und blieb da sitzen, bis das Zittern aufgehört hatte.

Sie wußte, daß es nichts mehr zu tun gab. Oder zu sagen – nicht mal zu Olof.

Niemand sollte es erfahren.

Vierzig Jahre lang hatte es Blondie nicht gegeben – dann war sie plötzlich für zwanzig Minuten da gewesen – und jetzt war sie wieder weg.

So war es nun einmal.

Und für Netta gab es nur eins, zu Olof nach Hause zu fahren, Hummer zu essen und Champagner zu trinken und sich zum Schlafen zwischen die glatten, sauberen Laken zu legen, und was geschehen war, war nicht wirklich und nicht einmal ein böser Traum.

»Hilfe, ein Mann! Hier können Sie nicht rein!«

Der Umkleideraum im Fitneß-Club von Finoo war voll halb nackter Frauen, die sich gegenseitig im Weg standen und über die Babywippen und Tragetaschen stolperten, mit denen der Fußboden übersät war. Der hereinstürmende dunkelhaarige Mann im korrekten schwarzen Mantel wurde mit kollektivem Kreischen empfangen, das ihn veranlaßte, kehrtzumachen und im Gang zu verschwinden.

»Der hat sich wohl in der Tür geirrt«, sagte ich zu der Frau neben mir, die sich gerade ihr Trikot überzog.

»Sah ziemlich lecker aus, der hätte ruhig reinkommen können«, grinste sie. Die Frauen, die sich hier zur Rückbildungsgymnastik trafen, waren nicht von der schamhaften Sorte. »Er kam mir übrigens irgendwie bekannt vor ...« Die Frau erstarrte in ihrer Bewegung, als ihr aufging, wen sie da gerade gesehen hatte. »Das war doch Kalle Vaarala! Was macht der denn hier?«

Vor ein paar Jahren war Kalle Vaarala im finnischen Fußball fast so groß wie Jari Litmanen. Es waren gerade Verhandlungen mit Inter Mailand im Gange, als er mit dem Auto verunglückte. Dabei wurde seine linke Achillessehne derart in Mitleidenschaft gezogen, daß er den Profifußball an den Nagel hängen mußte. Noch im Krankenhaus hatte Vaarala beschlossen, Schlagersänger zu werden. Er brachte die besten Voraussetzungen mit: Eine tiefe dunkle Stimme, mindestens ebenso tiefe dunkle Augen und ein verwegenes, schönes Gesicht. Zu Weihnachten war sein erstes Album auf den Markt gekommen und hatte sich so gut verkauft, daß es ihm gleich eine goldene Schallplatte einbrachte. Man prophezeite ihm eine noch größere Karriere als Hallikainen und Sillanpää, denn als ehemaliger Fußballstar sprach er auch männliche Schlagerfans an. Liveauftritte hatte Vaarala sich bisher noch nicht zugetraut, man konnte ihn nur im Fernsehen bewundern.

»Sogar ein Kalle Vaarala muß wohl was dafür tun, daß sein Body knackig bleibt«, feixte ich. Dann nahm ich meine sechsmonatige Tochter Iida mitsamt ihrer Decke auf den Arm und ging in die Turnhalle. Die Gymnastik war für mich der Höhepunkt der Woche. Ich heiße Maria Kallio und bin von Beruf Polizistin. Bis zu Iidas Geburt war ich bei der Abteilung Gewaltverbrechen der Kripo Espoo. Zuerst empfand ich es als Erleichterung, daß ich eine Weile nichts mehr mit Mord und Körperverletzung zu tun hatte, aber nach gut einem halben Jahr Mutterschaftsurlaub sehnte ich mich schon wieder nach den Frotzeleien der Kollegen und nach dem Arbeitsplatz, wo keiner mich als Ehefrau oder Mutter beanspruchte.

In der Rückbildungsgymnastik konnte ich meinen Bewegungsdrang mit der Mutterrolle verbinden. Die Babys, im Alter zwischen ein paar Wochen und neun Monaten, krabbelten auf dem Boden herum, und niemand regte sich darüber auf, wenn mal eins quengelte oder gestillt werden mußte. Mit ihren sechs Monaten hatte Iida das passende Gewicht fürs Stemmen und für mein Bauchmuskeltraining. Die Männer, die im Fitneßraum neben der Turnhalle trainierten, waren eine kleine Augenweide nebenbei.

Ich legte Iida auf den Hallenboden und holte ihre Rassel und ein Stück Zwieback aus dem Rucksack. Beim Aufwärmen am Anfang fühlten sich die Kinder wohl, die vielen Frauen, die in bunten Trikots herumhüpften, waren Abwechslung genug. Unruhig wurden sie erst, wenn die langsamere Musik anfing und die Mütter sich hinlegten, um die Beckenmuskulatur zu trainieren.

Allmählich füllte sich der Saal. Ilse erzählte mir kichernd, sie hätte einen Blick in den Fitneßraum geworfen, wo Kalle Vaarala gerade in die Pedale trat, leider in einer lokkeren Collegehose. »Der Kerl ist ganz schön von sich eingenommen, der hört sich seine eigene Platte an«, lachte Ilse. »Der andere Typ, der da trainiert, würde sich wahrscheinlich am liebsten die Ohren zustopfen.«

Ilse war die einzige in der Gruppe, deren Namen ich kannte; bei der Gymnastik herrschte eine erfreuliche Anonymität. Meinen Beruf wollte ich sowieso nicht verraten, weil ich damit meistens auf Ablehnung stieß. Statt weiter zu erzählen, wie sie ihre Fernseher in Geheimschränken versteckten, um die Gebührenjäger auszutricksen, und wie sie mit hundertsechzig über die Autobahn brausten, starrten mich alle nur noch verlegen an. Auch Ilse wußte von mir nur, wie ich heiße und daß ich in Henttaa wohne; mehr hatte sie auch gar nicht gefragt, obwohl wir nach der Gymnastik ein paar Mal zusammen Kaffee getrunken hatten. Ihr Sohn Taisto war drei Monate alt und hatte verblüffend dichtes schwarzes Haar. Ilse selbst war honigblond und kurvenreich, außerdem mit Sinn für schrägen Humor und einer scharfen Beobachtungsgabe gesegnet. Sie war Alleinerziehende, aus freiem Willen. Sie erzählte mir, sie hätte sich als Vater für Taisto einen Mann ausgesucht, der möglichst gute Gene besaß, aber nicht an der Verantwortung für seinen Sprößling interessiert war. Der Mann hatte zwar seine Vaterschaft anerkannt, aber Ilse und er hatten vertraglich vereinbart, daß er sich von ihr und Taisto fern halten würde und sie auf alle Ansprüche ihm gegenüber verzichtete. Ich hatte erstaunt zugehört, ohne sagen zu können, was ich von dieser Lösung hielt. Für mich war das Kinderkriegen eine so große Herausforderung, daß ich mir nicht vorstellen konnte, ohne Antti, meinen Mann, damit klarzukommen.

Nina, unsere Trainerin, schaltete den Recorder ein. Wir hüpften zur Musik von Don Huonot, die mich sofort in Stimmung brachte. Ohne Ninas zugleich spielerische und anfeuernde Haltung hätte mir die Gymnastik nicht halb so viel Spaß gemacht. Mit boshaftem Witz sprach sie von »Übungen gegen den Hängebauch« und gab uns gute Tips zum Dehnen unserer vom Stillen und Herumtragen des Babys verspannten Schultern. Endlich kam der Teil der Aufwärmgymnastik, den ich am liebsten mochte: Boxen zur Musik von Alannis Morissette. Es war zwar nur Schattenboxen ohne Handschuhe, aber das Eindreschen auf einen imaginären Gegner hatte eine befreiende Wirkung. Vor ein paar Wochen hatte Iida ausgerechnet an dieser Stelle angefangen zu weinen. Während ich sie beruhigte, hatte ich die verzerrten Gesichter der boxenden Mütter beobachtet und gesehen, daß sie einen Haß ausströmten, den sie sich wahrscheinlich nicht einmal selbst einzugestehen wagten. Wenn sie merkten, daß das, was da tief in ihnen verborgen war, sichtbar wurde, erschraken sie.

Für mich war Gewalt ein Teil meiner Arbeit, daher hatte ich keine Angst vor meiner eigenen Aggressivität. Der Sport half mir, Dampf abzulassen. Bodybuilding war für mich das beste Mittel gewesen, abends Abstand von allem zu gewinnen, was im Job passiert war, und im Mutterschaftsurlaub hätte ich Iidas Schreianfälle sicher nicht so gelassen ertragen, wenn ich nicht gelegentlich zum Joggen abgehauen wäre. Ich hatte sogar schon mit dem Gedanken gespielt, mir einen Punchingball anzuschaffen. Vielleicht könnte ich ihn mir von Antti zum Geburtstag wünschen.

Bis zum Gesäßmuskeltraining verlief die Stunde ganz normal. Ab und zu legte eine von uns eine Pause ein, um ihr Kind zu beruhigen oder zu stillen, oder rannte aufs Klo, um ihm die Windel zu wechseln. Iida war ganz zufrieden mit sich selbst beschäftigt. Als ich nachschaute, was sie trieb, sah ich, daß sie ein Handgelenkgewicht entdeckt hatte, dessen Klettverschluß sie eingehend studierte.

Als wir gerade auf allen Vieren auf dem Boden hockten und das angewinkelte Bein abwechselnd nach hinten und zur Seite bewegten, wurde Abbas *The Winner Takes It All* plötzlich von einer tiefen, aber verängstigten Männerstimme unterbrochen: »Im Fitneßraum ist ein Unfall passiert! Wir brauchen 'nen Arzt!« Der Mann, der in der Tür stand, wog bestimmt nur halb soviel wie die meisten Männer seiner Größe, die im Fitneß-Club trainierten. Sein langes, glattes Haar war im Nacken zusammengebunden, am Oberkörper flatterte ein zerrissenes T-Shirt.

»Ich hab ein Handy.« Nina stand auf und wollte schon ins Trainerzimmer laufen, da fiel ihr noch etwas ein: »Ist eine von euch vielleicht Ärztin?«

Wir hatten keine Ärztin in der Gruppe, aber ich stand auf, schnappte mir Iida und lief hinüber in den Fitneßraum. Schließlich werden Polizisten gründlich in erster Hilfe ausgebildet.

Auf den ersten Blick schien der Fitneßraum still und

verlassen zu sein. Es war halb elf am Vormittag, nicht unbedingt Hochbetriebszeit, aber daß überhaupt niemand da war, überraschte mich doch. Als ich mich genauer umschaute, fielen mir die Männerbeine auf, die von der Hantelbank herabhingen. Ich machte einen Satz vorwärts und entdeckte Kalle Vaarala, der von einer Scheibenstange quer über dem Hals auf die Bank gequetscht wurde. Das Gesicht des Ex-Fußballers war dunkelrot angelaufen, die Zunge hing ihm aus dem Mund.

»Hol sofort Verstärkung, wir müssen die Stange wegkriegen!« schrie ich, legte Iida auf den Boden und tastete nach Vaaralas Puls. Warum hatte der verdammte Schmalhans nicht gesagt, daß jemand unter der Hantelstange eingeklemmt war? Ich spürte einen schwachen Puls, aber da die Stange auf die Luftröhre geknallt war, konnte es gut sein, daß Vaaralas Luftwege lebensgefährliche Verletzungen abbekommen hatten. Vergebens versuchte ich, die Hantelstange zu heben. Ich bin zwar ziemlich stark für meine Größe, aber an der Stange hingen mindestens 100 Kilo. Ich hatte gerade angefangen, die Platten abzunehmen, als Nina und der dünne Mann zurückkamen, dicht gefolgt von Ilse.

»Der Krankenwagen ist unterwegs«, sagte Nina und stolperte fast über Iida, die auf das Hantelgestell zukrabbelte. Ein Fitneßraum ist nicht gerade ideal für ein sechsmonatiges, neugieriges Baby. Ilse hob die Kleine hoch und nahm sie zu ihrem Taisto auf den Arm.

»Halt die anderen draußen, das ist kein schöner Anblick«, ächzte ich, während ich mit Nina und dem Dünnen die Stange anhob. Dabei warf ich einen Blick auf die Hantelablage. Hatte Vaarala seine Kräfte überschätzt?

Sein Hals war auf der Höhe des Adamsapfels nichts als blutige Masse, aber ich wagte keinen Versuch, die Blutung zu stoppen, aus Angst, dabei den Kehlkopf und die Schilddrüse noch mehr zu beschädigen. Auf der Nebenbank lag ein achtlos hingeworfenes hellblaues Handtuch, das ich vorsichtig über die Wunde legte.

»Wie ist das denn passiert?« fragte ich den Schmalhans. Seine Hände zitterten vom Anheben der Stange und vielleicht auch vom Schock. »Er hatte ziemlich viel aufgelegt, hat er Sie gebeten, ihm Hilfestellung zu leisten?«

»Nein, er hat sich wohl gedacht, so eine Bohnenstange wäre dafür sowieso nicht zu brauchen. Ich hab erst gar nicht gemerkt, was passiert war, bis mir auffiel, daß es merkwürdig still geworden war. Komisch, an der Ablage ist ein Bügel abgebrochen. Sieht aus wie Metallermüdung.«

»Das kann nicht sein!« rief Nina. Sie war Mitbesitzerin des Fitneß-Clubs und achtete sehr auf die Sicherheit der Geräte.

»So war's auch nicht«, sagte ich knapp und nahm ihr das Handy ab. Man brauchte nicht bei der Kripo zu sein, um zu erkennen, daß an dem Bügel manipuliert worden war, vermutlich mit einer Eisensäge. Das abgetrennte Metallstück lag auf dem Boden, ich schob es mit der Schuhspitze an die Wand. Die glatte Bruchstelle war unverkennbar. Am besten rief ich gleich bei der Polizei an. Der Diensthabende, der mich natürlich kannte, wollte wissen, wie es mir denn so ginge, aber ich bat ihn, mich zu Kriminalhauptmeister Pekka Koivu durchzustellen, der nicht nur mein Kollege, sondern auch ein guter Kumpel war. Ich hatte Glück: Koivu saß in seinem Zimmer, war mit Papierkram beschäftigt und sofort bereit, vorbeizukommen.

Während ich telefonierte, tauchten immer mehr Frauen an der Tür auf, obwohl Ilse versuchte, sie zurückzuhalten. Eine schluchzte verstört, was ein halbes Dutzend Babys dazu brachte, unisonso loszuschreien. Ich ertappte mich bei dem Gedanken, ob Iida sich wohl später an Vaaralas aufgedunsenes Gesicht und den blutigen Hals erinnern würde, nahm sie auf den Arm und barg ihr Gesichtchen an meiner Brust. Ihr Flaumhaar duftete nach Apfelshampoo und Milch, es war beruhigend, daran zu schnuppern.

»Ich bin Kriminalhauptwachtmeister«, sagte ich zu Nina, »oder eigentlich Kommissarin, aber erst nach der Babypause. Ich nehme an, die Polizei wird mindestens die Adresse von allen notieren wollen. Am besten brichst du die Gymnastik für heute ab.«

Der langsam trocknende Schweiß ließ mich zittern. Am liebsten hätte ich mich sofort unter die warme Dusche gestellt, aber ich wollte den Raum nicht verlassen, bevor die Sanitäter da waren.

Nina scheuchte die Frauen mit ihren Babys in die Umkleidekabinen, aber Ilse blieb, setzte sich, Taisto im Arm, auf die Beinpresse und starrte den blutenden Vaarala an. Ihre normalerweise rosigen Wangen waren weiß wie Dickmilch, und ihre Stimme klang merkwürdig dünn, als sie fragte: »Ist Kalles Verletzung lebensgefährlich?«

»Weiß ich nicht.« Ich beugte mich gerade über Vaarala, um noch mal seinen Puls zu fühlen, als die Sanitäter angerannt kamen. Wie schnell und sicher sie hantierten, hatte ich schon oft genug gesehen; ich half mit, indem ich Hantelbänke und Ablagen beiseite schob, um Platz für Trage und Transfusionsgerät zu schaffen. Da von Koivu und

Puupponen noch nichts zu sehen war, fragte ich Nina: »War Kalle Vaarala Stammkunde bei euch?«

Nina nickte. Sie erzählte, daß Vaarala in Friisilä wohnte, nur ein paar Kilometer weg, und meistens an den Vormittagen unter der Woche kam, weil dann weniger Betrieb war. Heute früh war es ungewöhnlich ruhig gewesen, gerade jetzt allerdings schienen die Gänge vor dem Fitneßraum vor trainingswilligen Männern fast zu platzen.

»Haben Sie Kalle Vaarala gekannt ... Wie heißen Sie übrigens?« wandte ich mich an den Dünnen, der seine von Gänsehaut überzogenen Arme um sich geschlungen hatte.

»Timo Koistinen. Klar wußte ich, wer er ist. Der alte Fußballer. Aber ich hab nie mit ihm geredet.« Selbstironisch verzog Koistinen das Gesicht. Die Tätowierung auf seiner knochigen Schulter – Kreuz, Anker und Herz – schrumpfte zusammen, als der kaum ausgebildete Schultermuskel zuckte.

»Was ist übrigens aus seiner Kassette geworden?« fragte ich. Ilse hatte ja erzählt, daß Vaarala beim Training seine eigenen Schlager abspielte, aber als ich kam, hatte ich keine Musik gehört.

»Die war abgelaufen«, sagte Koistinen zögernd. »Ich kann jetzt wohl gehen ...«

»Sie sollten besser auf die Polizei warten, immerhin sind Sie der einzige Augenzeuge«, meinte ich mit aller Autorität, die ich aufbringen konnte.

»Ich hab nichts gesehen, ich war am Zugturm, mit dem Rücken zu ihm. Ich weiß nicht, wie lange er unter der Stange gelegen hat.«

»Wird er sterben?« fragte Koistinen den Notarzt, der

Kalle Vaarala eine Sauerstoffmaske über den schön geschwungenen Mund legte.

»Er wird's wohl überleben. Allerdings ist die Schädigung der Stimmorgane wahrscheinlich irreparabel«, antwortete der Arzt, während die Sanitäter Vaarala vorsichtig auf die Trage hoben.

Ilse hockte immer noch auf der Beinpresse und hielt Taisto im Arm, dem langsam die Augen zufielen. Als Vaarala hinausgetragen wurde, sagte sie vorwurfsvoll: »Du hast mir nie erzählt, daß du Polizistin bist!«

»Du hast mich ja nie gefragt! Kannst du Iida mal nehmen, ich geh eben duschen.« Kaum hatte ich es ausgesprochen, als Koivu und Puupponen anmarschierten.

»He Maria, du bist im Mutterschaftsurlaub! Da solltest du keine Leichen untersuchen«, rief Puupponen schon von weitem. Er war berüchtigt für seine schlechten Witze.

»Eigentlich wollte ich bloß ein bißchen Gymnastik treiben«, seufzte ich. Koivu klopfte mir zur Begrüßung auf die Schulter, während Puupponen sich damit begnügte, Iida unter dem Kinn zu kitzeln.

»Was ist hier überhaupt passiert? Wir haben gerade gesehen, wie das Opfer in den Krankenwagen verfrachtet wurde, mit zertrümmertem Hals, hieß es«, sagte Koivu.

Ich führte die beiden zu der defekten Hantelablage. »Hundertzwanzig Kilo Eisen direkt auf ihn drauf. Offensichtlich hat der Bügel nachgegeben, als Vaarala die Stange ablegen wollte.«

»Verrückt! Wer hebt denn so ein Gewicht ohne Hilfestellung!« ächzte Puupponen und bückte sich, um die blutbeschmierte Scheibenstange zu begutachten. Koivu konzentrierte sich auf die Halterung. Er streifte Latexhandschuhe über und hob das abgebrochene Stück des Bügels auf.

»Wann wurden die Geräte zuletzt überprüft?« wollte ich von Nina wissen.

»Heute früh vor dem Öffnen, das ist bei uns feste Routine.«

»Und du hast an dieser Ablage nichts Auffälliges bemerkt?« Ich wußte, daß ich es eigentlich meinen Kollegen überlassen mußte, Fragen zu stellen, aber wie üblich konnte ich mich nicht bremsen.

»Nein, aber so genau hab ich mir sie nun auch nicht angesehen.« Nina fuhr sich durch das kurz geschnittene braune Haar. Als ich sie fragte, ob es im Fitneß-Club eine Eisensäge gäbe, starrte sie mich wütend an, erklärte dann aber, im Aufenthaltsraum der Angestellten wäre eine.

»Dann zeigen Sie mir die mal«, kommandierte Puupponen. Koivu versuchte inzwischen, mit meiner Hilfe den normalen Tagesablauf im Fitneß-Club zu rekonstruieren.

»Die öffnen also um zehn ... Und euer Mütterturnen fängt auch um die Zeit an?«

Nina schloß immer um viertel vor zehn auf, damit wir Punkt zehn anfangen konnten. Die Tür zum Fitneßraum war offen gewesen, als ich kam. Ich hatte schon öfter überlegt, wie Nina es vormittags, wenn sie allein hier arbeitete, mit dem Kassieren hielt. Ein paar Mal war sie während der Gymnastikstunde kurz an die Kasse gelaufen, aber offenbar waren die meisten Vormittagsbesucher Stammkunden mit Jahreskarte oder Serienticket. In der Turnhalle stand ein kleiner Monitor, auf den die Aufnahmen der Überwachungskamera an der Kasse übertragen wurden und auf den Nina ab und zu einen Blick warf. Besonders überzeugend wirkten die Sicherheitsvorkehrungen nicht. Es schien mir durchaus möglich, daß sich jemand in den Fitneßraum einschleichen und den Bügel ansägen konnte, erst recht, wenn er sich dort auskannte. Außerdem hatte jede Frau aus unserer Gruppe Gelegenheit gehabt, den Raum zu betreten, bevor die Gymnastik anfing. Auch während der Stunde lief immer wieder mal eine nach draußen, niemand achtete darauf. Koistinen sagte, er sei einmal auf der Toilette gewesen und einmal im Umkleideraum, um etwas zu trinken, also konnte auch er nicht mit Sicherheit sagen, ob jemand in den Fitneßraum gekommen war.

Puupponen kam mit Nina zurück. Er trug einen Plastikbeutel mit der Eisensäge, die von der Technik untersucht werden sollte. Falls sich dabei herausstellte, daß die Hantelablage vermutlich gerade mit dieser Säge beschädigt worden war, würde sich der Kreis der Verdächtigen auf diejenigen verkleinern, die Zutritt zu den Personalräumen hatten.

Die Frauen hatten sich umgezogen und kamen in die Turnhalle zurück. Koivu und Puupponen nahmen die Personalien auf und führten eine erste Befragung durch. Ilse nahm mir Iida solange ab, daß ich duschen konnte – Koivu, Iidas Patenonkel, war ja anderweitig beschäftigt. Ilse war merkwürdig still, rieb sich den Nacken und sah Taisto an, als hätte sie Angst, man wolle ihr das Kind wegnehmen. Unter der heißen Dusche versuchte ich, meine Oberschenkel zu dehnen. Ninas Oberschenkeltraining war diesmal so hart gewesen, daß ich ohne Stretching bestimmt Muskelkater bekommen würde.

»So, Kallio, dann mal ab mit dir ins Präsidium«, sagte

Koivu, als ich zurückkam, und packte mich am Arm. Puupponen hielt Iida und versuchte, sein Entzücken nicht zu zeigen. Ich dagegen war alles andere als entzückt über die Verhaftungsfrotzelei. Natürlich hatte ich nicht vergessen, wie der Polizistenalltag aussieht, ich wußte, daß man selbst über die brutalsten Verbrechen verzweifelt Witze reißt, um bei all der Gewalt ringsum nicht das seelische Gleichgewicht zu verlieren. Und diesmal handelte es sich ja nur um versuchten Mord, offensichtlich würde Kalle Vaarala den Anschlag überleben. Trotzdem fand ich den Humor der beiden nicht lustig, sondern eher peinlich.

»Ich hab doch Mutterschaftsurlaub«, wandte ich ein.

»Ja, aber du bist Zeugin«, sagte Puupponen und schnitt eine lustige Grimasse für Iida, die ihn dafür auf die sommersprossige Nase patschte. »Du hast gesehen, wie Vaarala unter der Stange lag.«

»Okay, aber Iida muß mit. Mit etwas Glück schläft sie im Auto ein und gibt ein paar Stunden Ruhe«, sagte ich und bemühte mich, meinen knurrenden Magen zu ignorieren. Natürlich wollte ich ihnen helfen herauszufinden, wer Kalle Vaarala nach dem Leben trachtete.

Koivu holte Vaaralas Sachen aus dem Umkleideraum. Da fiel mir die Kassette wieder ein. Von Puupponen, der sich mittlerweile aufs Prusten verlegt hatte, lieh ich mir Latexhandschuhe und nahm die Kassette aus dem Recorder. Auf dem Etikett stand nur »Mit dir«, der Titel von Vaaralas erstem Album. Eine Hülle fand ich nicht.

Auf dem Weg ins Präsidium schlief Iida auf meinem Schoß ein und wurde auch nicht wach, als ich sie im Zimmer von Koivu und Puupponen in ihre Tragetasche legte. Im Prinzip hätten die beiden mich vernehmen müssen wie jede andere Zeugin, doch sie holten sich als erstes das Zivilstands- und das Vorstrafenregister auf den Bildschirm, um Vaarala und alle anderen zu überprüfen, die sich im Fitneß-Club aufgehalten hatten.

»Vielleicht solltet ihr euch auch Vaaralas Unfall noch mal vornehmen. Er ist bei Glatteis frontal gegen das Betongeländer einer Brücke geprallt, sein Beifahrer kam dabei ums Leben. Das wäre immerhin ein klares Motiv, Rache«, sagte ich leicht gelangweilt. Zu gern hätte ich mir die Register selbst angesehen und nach den Geheimnissen meiner Gymnastikschwestern gesucht.

»Erno Lummelampi. Vaaralas Mannschaftskamerad. Im Zusammenhang mit dem Unfall gab es keine Verurteilungen. Schneeregen bei Temperaturen um den Gefrierpunkt, Vaarala mußte einem Schulbus ausweichen, der ins Schleudern gekommen war. Die Bremsen blockierten, der Wagen war nicht mehr zu steuern. Vaarala hat getan, was er konnte, und vermutlich sogar ein größeres Unglück verhindert. Der Busfahrer hatte null Komma acht Promille, Vaarala war völlig nüchtern. Er hat nichts getan, was ihm irgendwer vorwerfen könnte«, meinte Koivu.

»Die Logik von Trauernden ist für Außenstehende meistens unbegreiflich. Hat Vaarala Angehörige?«

»Die Eltern wohnen bei Turku, in Tarvasjoki, die Schwester ist in Kuhmoinen verheiratet. Vaarala lebt allein, aber seine Eltern wissen vielleicht, ob er eine Freundin hat. Kennt ihr jemanden bei der Polizei in Tarvasjoki?«

Wir kamen nicht dazu, ihm zu antworten, denn gerade in dem Moment rief Puupponen, der an seinem Computer herumhantierte: »Bingo! Da haben wir eine eindeutige Verbindung zu Vaarala. Kommt her, seht es euch an!«

Bei dem Lärm schreckte Iida, die in der Zimmerecke geschlafen hatte, auf und fing an zu weinen, beruhigte sich aber, als ich ihr die Bäckchen streichelte. Als ich endlich vor Puupponens Monitor stand, sprangen mir die Buchstaben geradezu ins Gesicht.

Hakanen, Ilse Elina, 280569-122F. Ledig, Kind: Hakanen, Taisto Kalle Henrik, 110797-129A.

»Ich hab bei Taisto Kalle Henrik nachgesehen, und da war's. Seht mal!«

Hakanen, Taisto Kalle Henrik, 110797-129A, Vater: Vaarala, Kalle Johannes, 121070-1993.

»Verdammt«, fuhr es mir heraus. »Ilse!«

»Holen wir das Fräulein Hakanen aufs Präsidium?« fragte Puupponen mit breitem Grinsen. Als ob es eine besondere Genieleistung wäre, per Computer belastende Fakten zu entdecken.

»Wir statten ihr einen kleinen Besuch ab. Komm doch mit, Maria«, schlug Koivu vor.

»Das möchte ich eigentlich nicht, ich hab mich ein bißchen mit ihr angefreundet.«

»Was soll das denn für eine Freundschaft sein, du hast ihr ja nicht mal deinen Beruf verraten«, gab Koivu zurück. Ich seufzte, nahm Iida und meine Tasche und schloß mich den beiden an. Im Auto erzählte ich ihnen, was ich über Ilses Arrangement mit Kalle Vaarala wußte. Insgeheim hoffte ich, daß Ilse nicht zu Hause wäre. Aber die Tür des kleinen Reihenhauses an der Finnoostraße wurde beim ersten Klingeln geöffnet und vor uns stand Ilse in schwarzem T-Shirt und Leggings mit Leopardenmuster. Ihrem Gesichtsausdruck nach wußte sie, warum wir gekommen waren. Sie bat uns herein. Taisto schlief im Kinderwagen auf dem Hof, Ilse hatte gerade gebügelt. Sauber gefaltet lagen Strampelhosen und kleine Hemdchen auf dem Sofa. Ilse räumte sie beiseite, so daß Koivu und Puupponen sich setzen konnten. Iida war aufgewacht und quäkte hungrig. Ich ließ mich in einen Sessel fallen und gab ihr die Brust. Meine Kollegen guckten geflissentlich weg.

»Kalle Vaarala ist der Vater Ihres Sohnes Taisto«, sagte Koivu ohne Umschweife. »Das hätten Sie uns besser sofort gesagt, damit kein unnötiger Verdacht aufkommt.«

»Fräulein Hakanen, besitzen Sie eine Eisensäge?« fragte Puupponen.

»Ich weiß nicht mal, wie so was aussieht. Ich hab dir doch gesagt, daß ich mit Taistos Vater nichts zu tun haben will!« zischte Ilse, die blauen Augen in meine gebohrt.

»Du hattest also keine Ahnung, daß Kalle heute früh im Fitneß-Club sein würde?« Iida nuckelte gleichmäßig an meiner Brust, ihr zufriedenes Schnaufen wirkte beruhigend. Obwohl ich Ilse nicht besonders gut kannte, hatte ich sie von Anfang an gemocht.

»Ich hab schon damit gerechnet, daß er auftauchen würde, er hat uns ja dauernd nachgestellt. Alles ging wunderbar, bis ich vor zwei Monaten mit Taisto in der Stadt spazieren ging und Kalle über den Weg lief. Er machte ein ganz merkwürdiges Gesicht und fragte, ob das sein Kind wäre. Dann nahm er Taisto aus dem Wagen und wollte ihn gar nicht mehr loslassen. Seitdem werde ich Kalle einfach nicht mehr los.« Wieder schüttelte Ilse ihre blonde Lockenmähne und versuchte zu lächeln.

»Kalle sagte, er hätte sich die Sache mit dem Sorgerecht anders überlegt, nachdem er Taisto gesehen hatte. Ich weiß nicht, was mit ihm los ist, aber glücklich ist er jedenfalls nicht. Auch mit dem Singen scheint es nicht so recht zu klappen. Als ich ihn kennengelernt hab, in einer Kneipe, tat er mir irgendwie leid. Er redete wild drauflos und trauerte seiner Profikarriere nach. Er hatte sein ganzes Leben auf seinen Körper aufgebaut, und als der nicht mehr voll funktionierte, schien von Kalle nichts mehr übrig zu bleiben.«

»Hattet ihr eine längere Beziehung?«

»Wir waren eine Weile zusammen, aber es ging nicht. Kalle war so mit sich selbst und seinen Problemen beschäftigt, und ich hatte keine Lust mehr, ihn immer nur zu bemuttern. Bei einem Kind ist das was anderes, aber wer will schon dauernd einen erwachsenen Mann behüten? Das Singen war allerdings meine Idee, obwohl ich gar nicht musikalisch bin. Ich fand, Kalle hat eine schöne Stimme.«

Koivus Handy klingelte, er las die Nummer ab und beeilte sich zu antworten. »Alles klar. Gut. Morgen früh? Hervorragend.« Koivu gelang es immer nur kurz, die Wortflut zu unterbrechen.

Ich legte Iida auf der anderen Seite an und dachte über Ilses Bericht nach. Sie war gleich nach Nina angekommen, und es konnte nicht viel mehr als eine Minute gedauert haben, den Bügel anzusägen. Aber warum hätte sie Kalle Vaarala umbringen sollen? Einen Streit ums Sorgerecht konnte man ja wohl mit anderen Mitteln beilegen.

»Vaarala wird durchkommen, aber ob seine Stimmbänder zu heilen sind, kann niemand garantieren«, sagte Koivu, als er das Gespräch beendet hatte. »Wir schauen morgen bei ihm vorbei, schreiben kann er ja. Was sagen Sie dazu, Ilse? Vaarala wird uns die Wahrheit sagen können.«

»Schert euch zum Teufel! Den Vater meines eigenen Kindes würde ich ja wohl nicht umbringen! Ihr solltet lieber Nina verhören. Erno Lummelampi war ihr Freund!«

»Der bei dem Unfall gestorben ist, als Vaarala verletzt wurde?« rief ich, und Iida ließ meine Brust los, als wäre sie beleidigt.

»Genau der.« Zum erstenmal während unseres Gesprächs setzte sich Ilse hin, und ich war sicher, daß sie am liebsten vor Erleichterung geweint hätte. »Vielleicht wollte sich Nina rächen, und an den Busfahrer kam sie nicht ran.«

Puupponen blickte enttäuscht von einem zum andern und setzte gerade zum Sprechen an, als Ilse weiterredete:

»Sagt Kalle, daß ich mit Taisto ins Krankenhaus komme, sobald er Besuch bekommen darf. Und gebt ihm das hier.« Sie hielt mir eine Kassette hin, »Kalles Demo« stand darauf.

Ich stand auf, ließ Iida ihr Bäuerchen machen und drängte meine Kollegen zum Aufbruch. Während Koivu Ninas Adresse heraussuchte, schob ich Vaaralas Demokassette in den Recorder. Das erste Stück auf dem Band war der alte Beatles-Hit *Yesterday*, den ich auch schon mal gespielt hatte. Vaarala hatte eine schöne, tiefe Stimme, aber er sang etwas unsauber. Sobald die Melodie nach oben ging, kam er nicht mehr ganz mit.

»Gegenüber dem Demo hat er aber ziemliche Fortschritte gemacht«, meinte Koivu. »Fahren wir noch mal zum Fitneß-Club?«

»Habt ihr die Kassette dabei, die wir von da mitgenommen haben? *Yesterday* ist auch auf dem Album, ich hab's mal im Radio gehört. Wollen wir doch mal vergleichen!«

Auf der Plattenaufnahme klang der Baß makellos und noch tiefer. Im Studio konnte man vieles verbessern, und sicher hatte Vaarala auch einen guten Gesangslehrer gehabt. Aber trotzdem ... Meine Kollegen sahen verwundert zu, wie ich mich auf der Rückbank zu den Lautsprechern hindrehte und mal die Plattenaufnahme, mal das Demoband anhörte.

»Wie hieß der magere Typ im Fitneßraum noch mal?« fragte ich plötzlich, als mir die weiche, tiefe Stimme des zierlichen Mannes in den Sinn kam.

»Timo Koistinen«, antwortete Koivu. »Der wohnt auch ganz in der Nähe, in Eestinkallio.«

»Vielleicht sollten wir mal bei ihm vorbeifahren. Ich habe nämlich das Gefühl, daß Herr Koistinen ein sehr talentierter Sänger ist. Wollen wir mal sehen, was er uns vorsingt.«

Auch diesmal hatten wir Glück, die Tür zu Koistinens Wohnung im dritten Stock wurde genauso prompt geöffnet wie Ilses Haustür. Nur herrschte drinnen kein solches Idyll wie bei ihr, sondern ein ziemliches Chaos. Der Fußboden des Einzimmerappartements war mit Papierschnipseln, einem Haufen demolierter Kassetten und ein paar zerbrochenen CDs bedeckt. Koistinen stand mit kläglichem Gesicht mitten in dem Durcheinander. Auch er ahnte, weshalb wir so bald bei ihm auftauchten. Es war vollkommen klar, daß wir es nicht mit einem abgebrühten Berufsverbrecher zu tun hatten.

»Ja, das ist meine Stimme auf Kalles Album«, gab er praktisch sofort zu und versuchte ungelenk, den Kassettenstapel mit dem Fuß beiseite zu schieben. »Ich hab Kalle schon als Kind gekannt, später haben wir in der gleichen

Band gespielt. Ich hab gesungen, er war der Schlagzeuger. Schon damals wollte man ihn in den Vordergrund stellen, weil er am besten aussah, aber er traf die Noten nicht ganz, obwohl er eine gute Stimme hatte.«

Timo Koistinen ließ sich auf einen Stuhl fallen. Iida, die nicht mehr auf meinem Arm bleiben wollte, saß auf dem Boden zwischen den Kassetten und setzte Koistinens Zerstörungswerk fort. Puupponen holte irgendwas aus der Tasche, ich kümmerte mich nicht darum, ob es der Notizblock oder die Handschellen waren, sondern hörte mir weiter an, was Koistinen erzählte.

»Ich hatte ein Demo an Annika Mattila geschickt, die Tussi, die auch Kalle managt. Annika wußte, daß sich Kalles Platten gut verkaufen würden, weil er bekannt ist und gut aussieht, aber beim Singen hatte er noch viel zu lernen. Wir haben ganz ähnliche Stimmen, und so kam Annika auf die Idee, daß ich auf Kalles erstem Album singen sollte. Die Fernsehauftritte würden mit Playback erledigt und bis zum Sommer hätte Kalle dann gelernt, halbwegs ordentlich zu singen. Meine Baufirma hatte gerade Konkurs gemacht, dabei hatte ich mein Haus und meine Frau verloren. Das einzige, was mir übrig geblieben ist, sind ein paar Millionen Schulden. Natürlich hab ich mitgemacht, sie wollten mich ja dafür bezahlen.«

Der Rest war leicht zu raten. Das Geld kam und kam nicht, und Vaarala erklärte rundheraus, Koistinen könne ja gar nicht beweisen, daß er ihm seine Stimme geliehen hätte.

»Aber Angst hatte er doch vor mir. Heute morgen wurde er ganz grün im Gesicht, als er mich im Fitneßraum sah, er war so durcheinander, daß er in den Umkleideraum der

Weiber rannte. Ich hab erst gar nicht begriffen, warum er eine Eisensäge in der Sporttasche hatte.«

»Sie haben Schwein gehabt«, sagte Puupponen trokken.

»Stimmt. Ich hab gemerkt, daß Kalle den Bügel an der Hantelablage angesägt hatte, und als er zu seinem Recorder ging, um ihn abzustellen, hab ich ihm einen kleinen Streich gespielt und die Ablagen ausgetauscht. Der hat vielleicht ein Gesicht gemacht, als er begriff, daß er in seine eigene Falle gelaufen war. Aber ich hab's dann doch nicht fertiggebracht, ihn ersticken zu lassen. Das kommt sicher daher, daß ich noch nie was von Kraftsport verstanden hab.«

Die triste Pension mit der müden Korridorbeleuchtung, die taktvoll die abblätternde Farbe an Wänden und Dekken verbarg, war wie ausgestorben. Abgestandene Luft drückte sich um die Ecken in dem hoffnungslosen Bemühen, nach draußen zu entwischen. Nahezu alle Bewohner waren über Ostern verreist. Die meisten davon Studenten. Aber Mia war aus dem Norden und hatte nicht das Geld für einen Heimflug nur für die paar freien Tage. Also hatte sie Knabberzeug und ein paar Flaschen guten Wein gekauft und sich darauf eingerichtet, die Feiertage in ihrer Fünfzehn-Quadratmeter-Bude zu verbringen. Und sie hatte brav an ihre Eltern gedacht, die es ihr ermöglichten, »in der Welt voranzukommen«, wie ihr Vater zu sagen pflegte.

Die Rathausuhr schlug acht.

Jetzt saß sie da und knabberte Schokolade und redete sich gut zu, daß es völlig in Ordnung war, allein zu sein, es waren ja auch nur ein paar Tage.

Sie entkorkte eine Flasche Wein, setzte sie an und trank ein paar Schluck, bevor sie ein Glas hervorsuchte. Gleich wurde ihre Laune besser. Für die Kleinstadt da oben im Norden war sie das Mädel mit den guten Zensuren, eine Freude für die ganze Familie. Sie sollte ihnen Ehre machen mit ihrem Studium in der Hauptstadt – aber wie so viele andere auch hatte sie gemerkt, daß es hier von »jungen Talenten vom Lande« nur so wimmelte, die sich in nichts von allen anderen unterschieden.

Was blieb einem anderes übrig, als sich damit abzufinden, daß man eine unter vielen war? Immerhin gehörte man dazu, das war ja auch nicht schlecht.

Sie starrte an die Zimmerdecke mit den Stuckrosetten und den Rissen kreuz und quer. Was die in all den Jahren wohl schon an Tragödien und Alltagstristesse gesehen haben mochten.

Ein mitgebrachtes dünnes Deckbett lag eingerollt in eine verblichene Diwandecke wie eine schlaffe Wurst an der Wand. Der Fußboden war auch schäbig, mit knarrenden Dielen, die außerdem noch eine Schräge hatten. Verlor man einen Knopf, dann wußte man, wo man zu suchen hatte – unter dem Waschbecken. Insofern war es gut zu wissen, in welche Richtung das Gefälle ging.

Sie hatte ein paar alte Taschenbücher von Agatha Christie gefunden, ließ sie aber im Moment noch unbeachtet auf ihrem Schoß ruhen.

Unglaublich, mit welchem Krempel die Leute ihre Bude ausstaffierten, wenn sie an Fremde untervermieteten.

Sie starrte auf die junge, hübsche Jeanne d'Arc, die erst von einem Bildhauer und anschließend von einem Fotografen verewigt worden war, um danach in etwas eingerahmt zu werden, was den Überresten einer mißlungenen Waffel glich.

Es war unangenehm still im Haus.

Nur ein Hausmeister irgendwo in diesem Gebäude – wenn überhaupt.

Sie nahm einen Schluck Wein, und es kam ihr beinahe so vor, als hätte Jeanne d'Arc sich ein bißchen bewegt ...

O nein, schöne Jungfrau, so leicht jagst du Mia keinen Schrecken ein.

Sie nahm die Flasche und das Glas und ging über die knarrenden Dielen zum Sessel am Fenster.

Dort zog es ein bißchen, aber es war der einzige Platz, von dem aus man das ganze Zimmer überblicken konnte.

War sie etwa nervös geworden?

Über dem Sessel hing MUTTERFREUDEN. Hatte das vorher schon da gehangen, oder war das die Wirkung des Weins? Die Mutter hatte den Kopf schräg geneigt und blickte zärtlich auf ihren wonnigen Säugling, der hingebungsvoll auf ihrem Schoß lag. Ein arrangiertes Idyll, das sie in der guten Stube ihrer Großmutter oft betrachtet hatte. Ein Anachronismus. Wie komisch dieser kleine frivole Lendenschurz war, den das Kind trug, fast so, als sollte er den Anstand wahren.

Es lag vielleicht daran, daß sie zu viele Krimis gelesen hatte, aber das Zimmer schnürte sich irgendwie um sie zusammen, und der Korbsessel knarrte warnend. Zitterten ihr nicht sogar ein ganz klein wenig die Hände?

Dabei stand sie in dem Ruf, eine Frau zu sein, die sich von nichts einschüchtern ließ. Man sollte eben keine Krimis lesen, wenn man Ostern allein in einer Pension mit vielen finsteren Ecken zubrachte.

Das Ticken des dickbäuchigen Weckers war auf einmal so laut. Mia hatte das Gefühl, kaum Luft zu bekommen, deshalb stand sie auf und zog die Vorhänge zurück, öffnete das Fenster und starrte hinunter auf die Straßenlaternen. Deren Lichtkegel ergossen sich eng begrenzt um die Masten, was die Verlassenheit der Straße noch unterstrich. Hinter den Gardinen in einem der anderen Häuser flakkerte Kerzenschein, und das Geklimper eines verstimmten Klaviers drang an ihr Ohr.

Es waren also doch noch andere Leute in der Stadt.

Trotzdem spürte sie die Einsamkeit wie einen kalten Schauer hereindringen. Sie schloß das Fenster mit einem Knall und zog die Vorhänge zu.

Aber anstatt sich über die warme, anheimelnde Atmosphäre im Zimmer zu freuen, fiel es ihr schwer, sich wieder dem Raum zuzuwenden.

Hatte sie die Tür abgesperrt?

Als Mr Allison Miss Bradford erwürgte, hatte sie die Zimmertür abgeschlossen. Als Polizeiinspektor Brent die Leiche der alten Lady Twinisborough fand, hatte sie daran gedacht, auch noch die Kommode vor die Tür zu schieben.

Und sich gleich darauf über sich selbst geärgert.

Wer sollte schon hierher kommen?

Wer sollte schon hierher kommen wollen? Zu ihr?

Hatte sie etwas Verlockendes zu bieten?

Quatsch!

Etwas knisterte, und Mia drehte sich abrupt um. Es war natürlich der Korbsessel, das hatte sie schon tausendmal gehört. Sie räusperte sich und zuckte zusammen, als das Echo durch das große, kalte Zimmer hallte, das ihr plötzlich erstickend heiß vorkam. Es klopfte irgendwo!

Aha. Also war doch noch jemand im Haus. Jemand, der vielleicht Besuch bekam.

Da klopfte es noch einmal. Danach war es eine Weile still. Sie hielt den Atem an und lauschte. Hörte, wie jemand an einem Türgriff rüttelte.

Wo mochte das wohl sein?

Bei Nummer 6 oder vielleicht Nummer 7?

Nein, Morten von Zimmer 6 war nach Hemsedal gefahren. Ganz aufgeregt vor lauter Vorfreude. In Nummer 7 wohnte ein junges Mädchen, vielleicht war sie zu Hause ... Ebenso pleite wie Mia.

Na, das ging sie nichts an.

Zum Sessel gehen und sich hinsetzen. Entspannen. Ein heiteres Buch ohne Mord lesen, Pralinen knabbern und ...

Jetzt wurde an die Tür gehämmert und jemand rief etwas. Zuerst ärgerlich. Dann ängstlich.

Das Herz raste in ihrer Brust. Sie mußte wissen, wer das war, was das war.

Eine seltsame, süße Erregung kitzelte ihr im Magen, als sie den Schlüssel im Schloß herumdrehte und hinausspähte in den dunklen Korridor mit dem Feuerlöscher weit hinten in der Ecke. Jetzt hörte sie die Stimmen ganz deutlich.

»Da ist bestimmt was passiert, wir sollten doch um acht hier sein, und da drinnen sind Leute ...«

»Und was sollen wir jetzt machen?«

Eine Männerstimme. Eine Frauenstimme.

Mia ging mit entschlossenen Schritten den Korridor hinunter.

Ein junges Paar stand vor Nummer 7.

»Kann ich irgendwie helfen, ich meine, das Hämmern war ja nicht zu überhören ...«

Das junge Mädchen begann nervös zu reden.

»Ja, Entschuldigung, daß wir so einen Lärm gemacht haben, wir sind nämlich eingeladen zu einer Party hier um acht, und jetzt ist es fast – ja, schon Viertel nach – und es macht niemand auf.«

Der Mann unterbrach sie.

»Jetzt reg dich nicht auf, vielleicht ist sie nur eben runter zum Kiosk gegangen.«

»Aber wir haben doch gehört ...«

»Wir können uns verhört haben, oder?«

Mia schlug vor, daß sie den Verwalter oder den Hausmeister holen sollten.

»Nein, nein«, sagte der Mann, »wir warten lieber noch. In der Regel gibt es für alles eine natürliche Erklärung«, fügte er tapfer hinzu und sah die beiden aufgeregten Frauen mit Beschützermiene an. Dann erstarrte er plötzlich und lauschte angespannt.

Aus dem Zimmer war ein deutliches Stöhnen zu hören, und Mia straffte die Schultern und sagte, sie werde jetzt jedenfalls den Hausmeister holen. Denn vielleicht hatte er ja einen Reserveschlüssel, aber ganz bestimmt hatte er Werkzeug. Und wenn dort drinnen ein Mensch in Not sein sollte, war es einfach eine Pflicht ...

Der Hausmeister hatte Soße am Kinn und Ärger im Blick. Er murmelte etwas von hysterischen Weibern und lebhafter Phantasie, aber Mia ließ nicht locker. In diesen unsicheren Zeiten, wo die Zeitungen jeden Tag über irgendein Verbrechen berichteten, konnte er doch unmöglich in aller Ruhe sein Osterlamm essen, während vielleicht gerade jemand ermordet wurde.

Er seufzte und bewaffnete sich mit einem riesigen Schraubenschlüssel und einem kleinen Schraubenzieher, um das Schloß auszubauen, falls der Schraubenschlüssel nicht reichte.

Leise schimpfend folgte er Mia die Hintertreppe hinauf, während er an das Fußballspiel im Fernsehen dachte, das er jetzt verpaßte.

Seine Frau sah ihnen ängstlich nach und schloß die Wohnungstür hinter ihnen sorgsam ab.

Das junge Paar stand mit ernsten Gesichtern da und wartete. Sie wirkten angespannt und glaubten nun beide, daß etwas nicht stimmte. Sie hatten deutliches Stöhnen gehört und Geräusche, die auf einen Kampf hindeuteten. Vielleicht war jemand geknebelt?

Der Hausmeister lauschte ebenfalls und begann langsam – o Gott, und wie langsam – die Schrauben am Türbeschlag zu lösen. Die Tür war von innen abgeschlossen, und der Schlüssel steckte.

Die drei anderen traten an die Wand zurück und hielten den Atem an.

»Ich sag nur eins, ich kann kein Blut sehen«, sagte der junge Mann, dessen Tapferkeit sich spurlos verflüchtigt hatte.

Es tröstete ihn wenig, daß die beiden Frauen versicherten, er werde wohl kein Blut sehen, da das Ganze eher auf Erwürgen hindeutete. Mia war schon wieder in der Welt der Bücher und beschrieb eifrig die Blaufärbung, die sie sehen würden, falls ihre Ahnung sich bestätigen sollte.

Nicht gerade ein angenehmer Anblick, aber vielleicht nicht so schockierend wie Blut.

Hinter der Tür war ein durchdringendes Röcheln zu hören, das immer lauter und höher klang.

Der Schraubenzieher arbeitete langsam und zäh an dem Beschlag.

»Nun machen Sie endlich«, schrie der junge Mann. »Sie können hier doch nicht so herumtrödeln, wo es vielleicht um Sekunden ...«

Da drangen neue Laute aus Nummer 7.

Ungeduldige, aber friedliche.

Es knarrte, es tapste, und dann öffnete sich die Tür einen Spalt. Ein zerzauster Männerkopf starrte sie wütend an. Er war erhitzt und außer Atem, und etwas tiefer flatterten lose Hemdschöße um nackte, mit Gänsehaut überzogene Pobacken.

»Was zum Teufel macht ihr da eigentlich?« schrie er. »Könnt ihr die Leute nicht mal am Karfreitag in Ruhe lassen, verdammt?«

»Doch, schon, aber wir waren hier für acht Uhr eingeladen. Ist Lille denn nicht da?«

Die vier auf dem Korridor konnten in dem halbdunklen Zimmer nun ein junges Mädchen ausmachen, das sich ein Laken um den Körper gewickelt hatte. Ihre Wangen waren erhitzt und gerötet, die Haare zerzaust und die Augen glänzten.

»O Gott, ihr seid es, ich hatte ja keine Ahnung, daß es schon so spät ist. Ist es wirklich schon acht? Wartet mal kurz, nur eine Minute ... Ach, das ist übrigens Petter, ich wollte gerne, daß ihr ihn kennen lernt ...«

Ihre Stimme zwitscherte ohne Unterlaß.

»Hör mal«, sagte Mia beherrscht, »wir dachten, du brauchst vielleicht Hilfe. Wir haben geklopft und gerufen. Haben schreckliches Stöhnen gehört ...«

»Ich glaub's ja nicht!« rief der zweite junge Mann, während er sich durch die Haare fuhr, »habt ihr denn keinen Funken Phantasie ...?«

Die Schritte des Hausmeisters auf der Hintertreppe waren das einzige Geräusch, das die darauf folgende Stille unterbrach.

Mia ging zurück in ihr Zimmer und starrte hinunter

auf die feiertagsleere Straße. Auf einmal war ihr, als hätte sie dort unten Miss Marple gesehen, die mit einem verschmitzten Lächeln zu ihr hinauf winkte.

Wer hätte das von der Alten gedacht ...

Björn Hellberg | Auge um Auge

Der Tag war da, und schon als ich das Schlafzimmerfenster zum Lüften öffnete, war mir klar, daß er einfach strahlend werden würde. Die Sonne brannte vom Himmel, kein Wölkchen war zu sehen. Die Sicht war gut, und ich gönnte mir eine Minute extra an dem weit geöffneten Fenster.

Fast wollüstig sog ich die Luft ein, wurde erfüllt von reiner Lebenslust.

Ich zog das herzhafte Frühstück in die Länge, bestehend aus Grapefruit, Ei, Schinken und weißen Bohnen, zwei Scheiben Knäckebrot mit Cheddarkäse, einem Glas Orangensaft, ein paar Tassen Kaffee und der Lokalzeitung.

Nach der Dusche zog ich mich sommerlich leicht an: beigefarbene Hose, ein weißes, kurzärmeliges Hemd, Strümpfe und Sandalen. Damit war ich für die kurze Reise zum Sydstrand gerüstet. Ich hatte den Platz übrigens bisher zu jedem Jahrestag aufgesucht, warum sollte ich der Gewohnheit ausgerechnet in diesem Jahr nicht nachgehen, wo doch Jubiläum war und alles?

Dreißig Jahre waren seitdem vergangen.

Dreißig!

Der Gedanke kann einen schwindlig machen, einen über die Vergänglichkeit von allem nachdenken lassen.

Ich habe eigentlich das Gefühl, als ob es noch gar nicht so lange her ist, vielleicht, weil ich es ständig mit mir trage. Es läßt mir keine Ruhe, es zehrt und drängt sich auf, unaufhörlich.

Ich kann alles vor meinem inneren Auge sehen, die

schrecklichen Sekunden von neuem erleben, die Spur des plötzlich auftretenden, schrecklichen Schocks.

Wie gesagt, das ist eine Tradition, die ich pflege. Ganz gleich, welches Wetter, ich bin immer genau an diesem Tag ans Meer gefahren, jahraus, jahrein. Regen und Wind haben mich nie abgeschreckt, aber meistens war es sowieso gutes Wetter, manchmal direkt herrlich.

Der Juli hat einen unverdient schlechten Ruf in unserem Land. Ich weiß, wovon ich rede. Denn gestern abend, als ich in meinen Tagebüchern nachgeschaut habe, fand ich, daß es an dem Jahrestag bei weit mehr als der Hälfte der Fälle warm und sonnig gewesen ist. Und nur zweimal fand ich die Notiz: starker, anhaltender Regen.

Nur schade, daß wir nicht offen die Möglichkeit hatten, zu zeigen, was wir füreinander fühlten.

»Bald«, versprach sie, »halte noch ein bißchen durch, dann machen wir reinen Tisch und gehen zu meinem Vater.«

Wir waren uns einig darin, uns gleich nachdem wir ihrem Vater unsere Beziehung gebeichtet hatten, zu verloben, es gab keinen Grund, ihre nächsten Angehörigen in dieser Beziehung vor vollendete Tatsachen zu stellen.

Das wäre absolut nicht in Ordnung gewesen.

Mit offenen Karten spielen, das war immer schon meine Devise gewesen. Daß ich von diesem Prinzip bei meinen heimlichen Treffen mit Linda abwich, hatte seinen zwingenden Grund und widersprach meiner innersten Überzeugung.

Höchstwahrscheinlich würden wir unsere Verlobungsringe irgendwann im Sommer wechseln.

So war es geplant.

Der April begann ebenso schön, wie der März zu Ende gegangen war. Aber dann kam der erste Rückschlag: Linda sollte mit ihren Eltern und ihrem kleinen Bruder nach Jerusalem fahren. Die Reise war kurzfristig geplant worden, und Eilert Tjernberg befahl seiner Frau und seinen beiden Kindern fast mitzukommen, ohne sich darum zu kümmern, ob sie überhaupt wollten oder nicht.

»Da habe ich gar keine Wahl«, sagte Linda, als wir nebeneinander in meinem Bett lagen und nach einem dieser phantastischen Zusammensein, auf die zu verzichten ich mir kaum vorstellen konnte, nach Atem rangen.

Natürlich war ich enttäuscht bei dem Gedanken, Linda zwei Wochen lang nicht sehen zu können. Die Sehnsucht würde nur schwer zu ertragen sein, aber was sollte ich machen?

Sie hatte sich entschieden (oder besser gesagt: ihr tyrannischer Vater hatte für sie entschieden), und zu versuchen sie zu überreden, doch zu Hause zu bleiben, wäre sinnlos und vielleicht sogar dumm.

Wer war ich denn schon?

»Es handelt sich doch nur um vierzehn Tage«, betonte sie. »Dann komme ich wieder zu dir zurück.«

Zurück kam sie.

Aber nicht zu mir.

Wenn wir uns sehen wollten, hatte immer sie den Kontakt aufgenommen, um das Risiko zu vermeiden, daß jemand in ihrer Familie Verdacht schöpfen könnte.

Die beiden Wochen schlichen unerträglich langsam dahin, aber dann kam der lang ersehnte Tag, an dem Familie Tjernberg von ihrer Israelreise zurückkehren sollte.

Ich rechnete damit (oder hoffte es zumindest), daß Linda mich noch am gleichen Abend anrufen würde, aber dem war nicht so.

Vielleicht waren sie erst sehr spätabends angekommen, dachte ich und betäubte meine Enttäuschung mit ein paar Starkbieren in der nächsten Kneipe.

Obwohl ich mir sonst nicht viel aus Bier mache. Ich pflege sowieso nur einen sehr sparsamen Umgang mit Alkohol, habe nie die Leute verstehen können, die ohne jeden Gedanken an die Qualen des folgenden Tages den Schnaps in sich hineinschütten.

Auch am nächsten Tag ließ sie nichts von sich hören, und am Abend hielt ich die Ungewißheit nicht mehr länger aus.

Ich tat das, was wir beschlossen hatten, was ich nicht tun sollte: Ich rief sie an.

Ihre Mutter war am Apparat, und ich murmelte eine Entschuldigung, daß ich mich verwählt hätte.

»Macht doch nichts«, sagte Frau Tjernberg. »Das ist mir auch schon passiert.«

Sie hatte wie eine etwas ältere Version der Tochter geklungen, was meine Sympathie ihr gegenüber weckte. Sicher hatte die arme Frau ein armseliges Leben zusammen mit ihrem dominierenden Ehegatten. Ihr Los war nicht gerade beneidenswert.

Es gab keinen Grund für mich, ihr wegen der unversöhnlichen Attitüden des Propstes böse zu sein. Aber sie mußte selbst die Konsequenzen tragen, wenn sie so ein Individuum heiratete.

Beim zweiten Versuch – ein paar Stunden später – hatte ich das Glück, Lindas Stimme ans Ohr zu kriegen.

Das erfüllte mich zunächst mit der schönsten Musik, aber als sie hörte, wer dran war, schien sie ziemlich erschrocken zu sein. Mir war sofort klar, daß jemand in der Nähe war, der dem Gespräch zuhörte – vielleicht ja der Propst selbst. Er schien die vollkommene Kontrolle über alles in seinem Haus zu fordern.

Nach dem ersten Schreck besann Linda sich und tat, als spräche sie mit einer Schulfreundin. Sie nannte mich Anna, und ich spielte mit. Sprach leiser und versuchte außerdem, die Stimme heller klingen zu lassen, für den Fall, daß der Propst direkt neben ihr stünde.

In verdeckten Phrasen gelang es uns, Zeit und Ort eines Treffens zu verabreden.

Es kam mir der Gedanke, daß sie ziemlich verschlagen sein konnte, wenn es erforderlich war. Sie tat vollkommen unbeschwert, als würde es sich tatsächlich um ein gänzlich unverfängliches Gespräch handeln.

Pünktlich fand sie sich am verabredeten Ort ein, und ich platzte fast vor Glück, als ich sie sah. Die zwei Wochen in Israel hatten ihre Schönheit noch verstärkt. Ihr Gesicht und ihre nackten Arme und Beine hatten eine attraktive Bronzetönung bekommen.

Ich wollte mit den Fingern in ihr langes, blondes Haar fassen, ihre Brust betasten, ihre Augenlider mit den langen, dichten Wimpern küssen.

Aber dann merkte ich schnell, daß etwas nicht stimmte.

Zwar ließ sie sich von mir umarmen, zwar erwiderte sie meinen Gruß. Aber ihre Zurückhaltung erschien pflichtbewußt und ließ die frühere Wärme vermissen.

Sie war ganz einfach reserviert. Ich dachte, das könnte an einer gewissen Scheu liegen, da wir uns eine ganze

Weile nicht gesehen hatten, und war überzeugt, daß sie bald auftauen würde.

Leider irrte ich mich da.

Linda hatte sich verändert. Und nach einer Weile bekam ich wirklich die kalte Dusche: Linda weigerte sich, mit mir zu schlafen. Und das, ohne ihr Nein zu begründen.

Ich kannte sie nicht mehr wieder.

Wo war das warme, lebenslustige Mädchen, das ich liebte, geblieben?

Und woher kam diese abweisende Haltung?

Ich fragte natürlich, was passiert sei, fragte geradewegs, warum sie so anders sei als früher.

Aber sie gab mir für ihr eigentümliches Benehmen keine Begründung.

»Ich kann noch nichts sagen«, erklärte sie. »Aber vertrau mir. Gib mir ein bißchen Zeit, dann wirst du alles erfahren. Und bitte, dräng mich nicht. Mach es mir nicht schwerer, als es sowieso schon ist.«

Natürlich war ich unglaublich enttäuscht, hatte ich doch die Minuten bis zu ihrer Rückkehr aus Israel gezählt.

Aber ich gehorchte, beunruhigte sie nicht weiter mit Fragen, die mir auf der Zunge brannten.

Sie hatte sicher ihre Gründe, und wenn die Zeit reif war, würde ich erfahren, was sie eigentlich bedrückte. Es ging nur darum, Geduld zu bewahren, so schwer und mühsam das auch war.

Als sie mich verließ, spürte ich große Furcht, aber ich war immer noch naiv genug anzunehmen, daß sich alles zwischen uns schon regeln würde. Und apropos Gutgläubigkeit: Es kam mir nie in den Sinn, daß sie einen anderen getroffen haben könnte.

Sie hatte mir ja ihre Liebe erklärt, wir wollten uns im Sommer verloben.

Alles würde wieder gut, redete ich mir ein, wenn ich ihr nur ein wenig Zeit ließe. Vielleicht hat sie Probleme mit ihrem Vater. Ich muß nur Geduld haben, dann wird sich sicher alles klären.

Dachte ich in meiner Einfalt.

Die Tage verstrichen ohne ein Lebenszeichen von ihr.

Dann kam der tödliche Schlag.

Eines Tages – es war Mitte Mai – sah ich die Anzeige in der Lokalzeitung.

Sofort stieg der Schreck in mir auf, wie eine klebrige Übelkeit. Meine erste Reaktion war, auf die Toilette zu eilen und mich zu übergeben.

Immer und immer wieder las ich die unfaßbaren Worte:

Ihre Verlobung geben bekannt:

Linda Tjernberg, stud. theol., und Jan-Eric Hessler, mag. phil. Frejalund, 19. Mai 1973

Wie grausam kann ein Mensch sein?

Mir zuerst ewige Treue zu versprechen – und mich dann fallenlassen, als wenn nichts gewesen wäre, und sich in die Arme eines anderen werfen.

Die erste Bestürzung ging in regelrechte Raserei über.

Er – Jan-Eric Hessler, mag. phil. – war also gut genug vor den Augen des Papas, des Herrn Propstes. Ein einfacher Automechaniker war dagegen niemand, den man vorzeigen konnte.

Und was hatte dann all ihr Gerede über Verlobung und ewige Treue bedeutet?

Ich hörte in mir ihre Stimme, immer und immer wieder:

»Ich werde dich nie im Stich lassen. Auf mich kannst du dich verlassen.«

Aber sie hatte mich im Stich gelassen. Auf die schändlichste Art und Weise. Und dann hatte sie kein Wort gesagt, hatte mich hinter meinem Rücken betrogen. Sie hatte nicht einmal Anstand genug, sich zu trauen, es mir direkt ins Gesicht zu sagen. Statt dessen zog sie es vor, sich zu entziehen und ihre Verantwortung nicht wahrzunehmen.

Man mußte kein Einstein sein, um zu begreifen, was geschehen war: Linda hatte diesen Jan-Eric Hessler natürlich in Jerusalem getroffen und schnell das Objekt ihrer Begierde ausgetauscht, als sie begriff, daß es sich hier um jemanden handelte, den sie mit gutem Gewissen der übrigen Familie präsentieren konnte.

Sie waren bereits in Jerusalem zusammengekommen. So viel war klar wie Kristall. Linda liebte es zu lieben, und sie war niemand, der unnötig Zeit vergeudete. Sicher hatte sie irgendwelche Ausreden gefunden, um der Überwachung ihres Vaters zu entgehen und ihren Stier heimlich zu treffen, sicher mit einem Eifer, der den übertraf, den sie im Zusammensein mit mir gezeigt hatte.

Aber ich mußte mir eingestehen, daß es schrecklich weh tat, sie mir in den Armen eines anderen Mannes vorzustellen. Und es tat weh zu akzeptieren, daß ich zurückgewiesen worden war. Das Gefühl der Unterlegenheit war unangenehm bis hin zur Erniedrigung.

Doch vielleicht war es am besten, daß es so geschah – trotz allem. Schnell verstand ich, daß ich niemals so einer falschen Frau hätte glauben dürfen, fragte mich, wie es ihr so einfach hatte gelingen können, meine Urteilskraft außer Kraft zu setzen.

Um meine Neugier zu befriedigen, holte ich einige Informationen über meinen Nachfolger ein. Jan-Eric Hessler erwies sich als ein großer, dunkelhaariger Mann mit ziemlich alltäglichem Aussehen – ich hatte zumindest einen etwas besseren Geschmack von Linda erwartet, aber schließlich war es ja ihre Entscheidung.

Und Hessler hatte ja das, was mir fehlte: einen Titel, der dem Herrn Vater Propst imponierte.

Ich bekam bald heraus, daß er in der Sommervilla seiner Eltern am Sydstrand wohnte. Allein.

Das heißt: Er bekam natürlich den ein oder anderen Abendbesuch ...

Nach einer Weile war ich es leid, ihn zu beschatten. Ich beschloß, sowohl ihm als auch Linda den Rücken zu kehren, und hoffte, sie nicht wieder sehen zu müssen.

Aber unser Ort ist nicht groß, und eines Vormittags stießen Linda und ich aufeinander – ironischerweise vor der Bibliothek – ausgerechnet hier.

Es war natürlich reiner Zufall und in keiner Weise von meiner Seite aus geplant gewesen.

Sie entdeckte mich von weitem und machte zunächst Anstalten, die Straßenseite zu wechseln. Dann sah sie ein, daß das zu demonstrativ wäre, und beschloß das Unvermeidliche durchzustehen.

Wir blieben ein paar Meter voneinander entfernt stehen, und es war offensichtlich, daß ihr die Situation peinlich war. Der Anblick freute mich. Ich wollte sie leiden sehen für all die Qualen, die sie mir so herzlos zugefügt hatte.

Daß es Linda peinlich war, daran bestand kein Zweifel.

Sie stand da, rotwangig und verlegen, und wartete, daß ich den ersten Schritt täte. Offenbar hatte sie noch so viel Anstand im Leib, daß sie sich dafür schämte, wie sie mich behandelt hatte.

Und ich machte den ersten Schritt.

»Herzlichen Glückwunsch sollte ich wohl sagen«, erklärte ich und versuchte die Stimme neutral zu halten. »Zur Verlobung.«

»Danke«, erwiderte sie und wich meinem Blick aus, als hätte er sie verbrannt.

»Das ging ja schnell.«

»Ach, eigentlich gar nicht so schnell. Wir haben uns schon ... na, ist ja auch egal.«

Ich sagte nichts, wartete auf die Fortsetzung.

»Du mußt verstehen«, sagte sie und begann nach Worten zu suchen, »daß du und ich ... daß wir zwei ...«

Ich lächelte sie an.

»Du brauchst nichts zu erklären, Linda. Ich bin dir nicht böse.«

Zuerst sah sie mich ungläubig an. Dann konnte ich sehen, wie sich die Erleichterung über ihr niedliches, falsches Gesicht ausbreitete. Daß ich in meiner Niederlage so großzügig sein konnte, hatte sie wohl nicht erwartet.

»Ist das dein Ernst?«

»Aber natürlich. Ich bin nicht derjenige, der A sagt und B tut«, sagte ich und hoffte, sie würde die Ironie verstehen.

»Natürlich hatten wir es eine Zeitlang sehr schön, du und ich, aber das wäre doch nie auf Dauer gutgegangen. Das war nie ernst gemeint. Zumindest nicht von meiner Seite. Wir haben einfach nicht zueinander gepaßt.«

»Kann schon sein«, log ich, um sie zu beruhigen.

»Schön, daß du es so aufnimmst.«

»Ich finde auch, daß wir es sehr schön gehabt haben, aber das ist nun einmal vorbei. Noch einmal: Ich gratuliere zur Verlobung und wünsche dir alles Gute. Ich hoffe, ihr seid glücklich zusammen, du und ... wie heißt er noch mal, Sven-Eric?« fragte ich, machte bewußt den Fehler.

»Jan-Eric. Doch, das werden wir sein«, versicherte sie.

Sie zögerte einen Moment und sog in einer Art die Unterlippe ein, die ihre Verletzbarkeit betonte. Diese kleine Veränderung der Mimik brachte meinen Magen dazu, sich zusammenzuziehen.

Ich wartete die Fortsetzung ab, die garantiert kommen würde.

Und schon sagte sie:

»Du wirst sicher eine andere finden.«

Keine wie dich.

»Sicher«, sagte ich leicht dahin und nickte ihr zu.

Danach trennten wir uns, gingen beide unseres Weges.

Und der Sommer kam.

Eines strahlend schönen Tages hörte ich von dem Unfall.

Der Fahrer war offenbar ins Schleudern geraten, von der Straße abgekommen und mit dem Wagen bei ziemlich hoher Geschwindigkeit einen Abhang nördlich vom Sydstrand hinuntergestürzt. Laut Zeugenaussage war das Fahrzeug gegen eine große Eiche geprallt, danach gegen eine Steinwand, wo es explodierte.

Die Wagenteile waren hoch in die Luft geworfen worden, und die Flammen hatten das Laub einiger Birken hinter der Mauer versengt. Die verbrannten Opfer konnten als Linda Tjernberg und Jan-Eric Hessler identifiziert werden, und es wurde festgestellt, daß er den Wagen gefahren hatte.

Die Leute redeten mehrere Tage lang von dem schrecklichen Unfall.

»Und dabei wollten sie doch nach Silvester heiraten. Was für ein grausames Schicksal!«

Ich befand mich an einem anderen Ort, als sich der Unfall ereignete, aber als ich nach Hause kam, fuhr ich natürlich zur Unglücksstelle, um zu sehen, was geschehen war.

Vor dreißig Jahren war es also, auf den Tag genau.

Das Ereignis wurde als Unfall abgeheftet. Vielleicht gab es den Verdacht einer Sabotage, was weiß ich? Auf jeden Fall drang nichts in dieser Richtung an meine Ohren. Die Polizei fand nichts, was auf ein Verbrechen hindeutete – vielleicht arbeiteten sie auch einfach nur schlampig.

Wenn es Spuren gegeben hat, die darauf hindeuteten, daß jemand sich an dem Auto zu schaffen gemacht hatte, dann kamen sie nie an die Öffentlichkeit.

Das weiß ich genau, da ich den Verlauf mit höchster Aufmerksamkeit verfolgte.

Viele Jahre später las ich einen Artikel darüber, daß der fleißige Kommissar Sten Wall versuchte, alte, ungeklärte Fälle zu erforschen. Er ist Junggeselle, der sich offensichtlich ganz von seiner Arbeit fressen läßt. Nicht genug damit, daß er den lieben langen, arbeitsreichen Tag seine Nase ins kriminelle Elend steckt – auch während seiner Freizeit widmet er sich also noch Dingen, die die Polizei nie hat aufklären können.

Es gibt immer noch verrückte Enthusiasten.

Ob dieser Wall sich um den Autounfall kümmern würde?

Kaum anzunehmen.

Es geschah auch nichts Neues.

Und die ursprüngliche Theorie stand: Der Fahrer war bedauernswerterweise von der Straße abgekommen, was schreckliche Konsequenzen nach sich zog.

Zwei junge Leben wurden gleichzeitig ausgelöscht.

Überhöhte Geschwindigkeit war bereits zu dieser Zeit ein Übel, schon vor dreißig Jahren.

Ich schaute auf die Armbanduhr.

Zeit loszugehen. Ich versuchte, wenn irgend möglich, den Platz ungefähr zu dem Zeitpunkt aufzusuchen, an dem Jan-Eric Hessler sich und seine junge Verlobte zu Tode gefahren hatte.

Die wenigen Kilometer waren schnell geschafft.

Es gab ziemlich viel Verkehr auf den Straßen. Sydstrand war ein beliebtes Ziel für Badelustige, und die Leute kamen von weit her, um die größte Badewanne des Landes zu besuchen.

Ich selbst war nie so begeistert davon gewesen, mich in diesem Gedrängel von Einheimischen und Touristen herumschubsen zu lassen, nur um Salzwasser auf die Haut zu bekommen.

Aber ein paar Gastspiele im Sommer wurden es trotzdem.

Und warum sollte ich nicht gerade heute einmal ins Wasser springen. Die Badehose lag in einem Leinenbeutel auf dem Beifahrersitz, falls ich Lust dazu kriegen würde.

Und wenn die Sonne so heiß brannte wie heute, mußte das Wasser auch ziemlich warm sein.

Ich bin reichlich wasserscheu und kann es nicht ertragen, wenn das Wasser so kalt ist, daß der ganze Körper fast erstarrt, aber heute hatte es gut und gern über zwanzig Grad in den Wellen.

Dann war ich da.

Hier war es, genau hier, wo der Wagen von der Straße abgekommen war.

Die Eiche stand noch da.

Die Mauer auch.

Das Auto mit den verkohlten Leichen war seit dreißig Jahren nicht mehr da.

Ich parkte und stieg aus, wanderte zum Unfallort hinüber.

Wie schade, daß ich keine Gelegenheit hatte, dabei zu sein, als es passierte.

Nicht, daß jemand irgendeinen Verdacht mir gegenüber hätte hegen können, obwohl ich in meiner Eigenschaft als Mechaniker natürlich einiges von Autos und Motoren verstand und mir so einiges Teufelszeug hätte ausdenken können, wenn ich es nur gewollt hätte. Soweit ich bemerkt hatte, gab es niemanden, der wußte, daß Linda und ich eine heimliche Liebschaft gehabt hatten, aber vollkommen sicher konnte man da nicht sein. Sie konnte sich ja bei jemandem verplappert haben, und dieser Jemand konnte daraus merkwürdige Schlüsse dahingehend ziehen, daß etwas Häßliches passiert sein könnte.

Falls das geschah, war es das Beste, sich vom Unfallort fern zu halten.

Denn wenn die beiden jungen Menschen Opfer einer Sabotage gewesen wären, dann würde die Sache natürlich in einem ganz anderen Licht dastehen.

Hatte doch dieser Jan-Eric Hessler vollkommen rücksichtslos Linda einem anderen Mann weggeschnappt, dem sie ihre Liebe und Treue geschworen hatte.

Wenn dann jemand seinerseits dafür Hesslers Leben nahm, war das eigentlich nicht mehr als gerecht.

Ein Diebstahl gegen den anderen.

Aber mir ist durchaus bewußt, daß die Polizei derartige Überlegungen beiseite wischen würde.

Jetzt mußte ich weiterfahren.

Ich glaube, es wird doch ein Bad heute werden.

Um ein Jubiläum zu feiern.

Schließlich ist es ein so herrlicher Sommertag.

Edda Magnúsdóttir | Der offene Brief

Sei für immer herzlich gegrüßt, liebe Mutter!

– Ich hatte versprochen, dir zu schreiben, sobald ich mein Sehvermögen wiederbekäme.

Wie du sicherlich verstehen wirst, konnte ich niemand anderen bitten, dir diesen offenen Brief zu schreiben.

Jetzt habe ich diese wunderbare Brille bekommen und kann sowohl wieder die Zeitung lesen als auch wieder unseren Bæjarfell, den Berg hinter unserem Hof, erkennen.

Ich sah schon so schlecht, daß mein lieber Guðbjörn begonnen hatte, sich über meine verschiedenen Unzulänglichkeiten zu beklagen. Wenn seine Strümpfe bald falsch zusammengelegt, bald nicht zusammenpassend im Schubfach lagen, fand er, daß ich meine Augen untersuchen lassen sollte.

Das zog sich dann in die Länge, bis er es mit dem Magen bekam.

– Kannst du dich noch daran erinnern, als ich bei dir und Guðbjörn zu Besuch war?

Damals warst du besonders zufrieden damit, wie gut ich Kümmelkringel und Zimtschnecken zu backen verstand.

Mein lieber Guðbjörn findet es noch immer sehr wohltuend, sich am Abend in die Speisekammer zu stehlen und eine Schnecke oder ein Stück Kringel zu essen, ehe er zu mir ins warme Bett kriecht. Ich bin weder bis oben hin zugeknöpft noch kalt im Bett, liebe Mutter!

– Doch zurück zu meinem lieben Guðbjörn und seiner Magenkolik.

Eines Nachts wurde mein lieber Guðbjörn furchtbar krank.

Er wand sich vor Schmerzen und hatte sowohl unter Erbrechen wie unter Durchfall zu leiden, wie du, als du auf dem Sterbebett lagst, liebe Mutter.

Mein lieber Guðbjörn wurde in Eile nach Reykjavik gebracht, meine Tochter und ich fuhren mit ihm.

Die Ärzte sagten, daß Guðbjörn vergiftet worden sei.

Nach gründlichen Untersuchungen und Verhören gelangte die Polizei zu dem Ergebnis, daß ich Kümmel mit dem Rest einer Salbe verwechselt hatte, die mein lieber Guðbjörn nach alter Gewohnheit in die große Vorratskammer gelegt hatte.

Glücklicherweise konnten die Ärzte meinen lieben Guðbjörn retten. Ich wurde zum Augenarzt geschickt, der seine Praxis in dem schrecklichen Betonbau hat, der Kringlan genannt wird, wenn nicht gar Kümmelkringlan.

Natürlich existiert noch ein anderes Hausungetüm in der Stadt, das Snúðurinn heißt.

Es war furchtbar, in diesem Kringlan umherzuirren.

Immerhin haben die ringförmigen Gebäude eine Form, die es verhindert, daß man in ihnen eingesperrt wird.

Anders sieht es mit den schneckenförmigen Gebäuden aus, man gelangt lediglich in ihrer Mitte hinein, und dort sitzt man dann bis an sein Lebensende fest.

So wäre es mir beinahe ergangen, als der Bezirksrichter behauptete, daß ich die Salbe absichtlich an die Kringel gegeben hätte, die mein lieber Guðbjörn sich gegönnt hatte.

Doch das Gutachten des Augenarztes ob meiner vorübergehenden Blindheit bewahrte mich davor, in einem der schneckenförmigen Gebäude eingesperrt zu werden.

Diese Ärzte heutzutage können ganz ausgezeichnet und achtsam sein.

Ja, nun kann ich fast ebenso gut sehen wie damals, als du es bei uns mit dem Magen bekamst und die Salbe ebenfalls in der großen Speisekammer verwahrt wurde.

Guðbjörn und mir ist es seit deinem Tod wirklich ausgezeichnet ergangen, und daher sei für immer herzlich verabschiedet, liebe Mutter.

Ruhe in Frieden. – Ráðhildur.

Nachbemerkung

Morde, das legen uns die Krimiautoren aus Skandinavien nahe, sind im Norden Europas nichts Ungewöhnliches. Sie geschehen einfach. Entweder nach sorgfältiger Planung oder ganz nebenbei. Das macht es den Ermittlern nicht leicht. Wer zum Beispiel hat, wie in Dan Turèlls Geschichte, dem schweigsamen Herrn in der Bar ein Messer in die Schulter gerammt und dadurch dessen plötzlichen Tod verursacht. War es vielleicht das Pärchen am Nebentisch, das so schnell verschwand und das noch niemand vorher in der Bar gesehen hatte? Und was könnte dahinterstecken? Polizeiliche Ermittler stoßen im wortkargen Norden fast immer auf eine Mauer des Schweigens oder auf belanglose Zeugenaussagen. Niemand, so scheint es, hat ein ernsthaftes Interesse an der Aufklärung von Kapitalverbrechen. Und auch die Polizisten halten sich auffällig zurück. In manchen skandinavischen Krimis wirken Mord und Totschlag nur wie die gerechte Strafe für widerwärtiges Verhalten. Die drei fidelen Schwestern in Hrafnhildur Valgarðsdóttirs Erzählung empfinden sich sogar als Schwurgericht, das aber nicht nur Todesurteile fällt, sondern sie auch gleich vollstreckt. Wer ihnen ihr blutiges Handwerk legen will, lebt gefährlich. Das gilt übrigens auch für skandinavische Ehemänner, die ihren Gattinnen langweilig geworden sind. Zwar läßt Unni Lindell ihren klugen Polizisten den Fall lösen, aber letztlich wird dadurch nur eine geglückte Resozialisierung verhindert. Der Frage, welche Gefahren in einem Fitness-Center lauern können, ist Leena Lehtolainen nachgegangen. Nach der

Lektüre empfiehlt sich eine genaue Kontrolle der Sportgeräte, um den gesundheitliche Effekt der Übungen sicherzustellen. Denn auch auf einer Hantelbank kann man gezielt vom Leben in den Tod befördert werden. Rache und Neid sind dabei die häufigsten Beweggründe. Daß auch überhaupt kein Motiv nötig sein muß, um einen Mord zu begehen, erläutert uns Maj Sjöwall an einem besonders krassen Beispiel. Gelegenheit macht Mörder, könnte man ihre Geschichte überschreiben. Andererseits zeigt Björn Hellberg, daß man solche Gelegenheiten auch bewußt planen kann, um eine schon lang anhaltende Beziehungskrise abrupt zu beenden. Nicht alles, was ein Mord ist, sieht auch wie ein Mord aus. Das gilt allerdings auch umgekehrt. Arne Dahl und Marie Hermanson haben das Mysteriöse, das Todesfällen anhaften kann, in Geschichten gepackt, wie sie nur in Ländern entstehen können, wo es einen Großteil des Jahres dunkel und kalt ist.

Trotzdem sind skandinavische Autoren nicht ohne Humor. Der weihnachtliche Raubüberfall, von dem Anne B. Ragde berichtet, hat durchaus seine komischen Seiten. Er endet für die unerfahrene Täterin zwar in einem längeren Gefängnisaufenthalt, aber dafür bleiben alle Beteiligten unverletzt, von psychischen Spätfolgen natürlich abgesehen. Wer sich nach dieser geballten Ladung krimineller Handlungen im Hotel von Margaret Johansen einfindet, der muß fast selbstverständlich hinter jeder Zimmertür Mord, Totschlag oder Raub vermuten. Dabei können verdächtige Geräusche auch etwas ganz anderes bedeuten. Wer das nicht erkennt, hat eindeutig zu viele Krimis gelesen …

Quellenverzeichnis

Dahl, Arne
Übermacht, S. 64. Aus: Über Grenzen. Kriminalgeschichten aus Schweden. Übersetzt von Gabriele Haefs und Christel Hildebrandt. © 2007 btb Verlag, München, in der Verlagsgruppe Random House GmbH, München.

Hellberg, Björn
Auge um Auge, S. 146. Aus: Morden im Norden. Die besten Kriminalgeschichten aus Skandinavien. S. Fischer Verlag, Frankfurt am Main 2004. Aus dem Schwedischen übersetzt von Christel Hildebrandt. Mit freundlicher Genehmigung des Autors und der Übersetzerin.

Hermanson, Marie
Der Museumsbesuch, S. 81. Aus: Unter Mördern und Elchen. 2003 Piper Verlag GmbH München. Aus dem Schwedischen übersetzt von Hedwig M. Binder. © der deutschen Übersetzung: 2003 Piper Verlag GmbH, München.

Johansen, Margaret
Was geschah in Nummer 7?, S. 137. Aus: Morden im Norden. Die besten Kriminalgeschichten aus Skandinavien. S. Fischer Verlag, Frankfurt am Main 2004 © Margaret Johansen. Aus dem Norwegischen übersetzt von Dagmar Lendt. Mit freundlicher Genehmigung der Autorin und der Übersetzerin.

Lehtolainen, Leena
Kraftsport, S. 116. Aus: Morde in hellen Nächten. Die besten Kriminalgeschichten aus Skandinavien. Scherz Verlag. Bern, München, Wien, 2001. Copyright © by Leena Lehtolainen, Copyright © der deutschen Übersetzung aus dem Finnischen bei Gabriele Schrey-Vasara.

Lindell, Unni
Selbstgemachter Wein, S. 43. Aus: Morde in hellen Nächten. Die besten Kriminalgeschichten aus Skandinavien. Scherz Verlag. Bern, München, Wien, 2001 © by Unni Lindell. Aus dem Norwegischen übersetzt © Gabriele Haefs.

Magnúsdóttir, Edda
Der offene Brief, S. 161. Aus: Morden im Norden. Die besten Kriminalgeschichten aus Skandinavien. S. Fischer Verlag, Frankfurt am Main 2004. Aus dem Isländischen übersetzt von Dirk Gerdes. Mit freundlicher Genehmigung der Autorin und des Übersetzers.

Ragde, Anne B.
Eine Pistole mehr oder weniger, S. 53. Aus: Annamari Arrakoski (Hg.): Die spannendsten Weihnachtsgeschichten aus Skandinavien. Wunderlich Verlag. Copyright © Anne B. Ragde. Copyright für die deutsche Übersetzung von Gabriele Haefs © 2004 by Rowohlt Verlag GmbH, Reinbek bei Hamburg.

Sjöwall, Maj
Lang, lang ist's her . . ., S. 97. Aus: Maj Sjöwall (Hg.), Schwarze Beute. thriller-Magazin 8. Copyright © by Maj Sjöwall. Copyright für die deutsche Übersetzung von Eckehard Schultz © 1993 by Rowohlt Taschenbuch Verlag GmbH, Reinbek bei Hamburg.

Turèll, Dan
Der kleine Macker, S. 9. Aus: Dänemark erzählt. 20 Erzählungen. Deutsche Übersetzung von Gisela Perlet. Für die Übersetzung: © Verlag Volk und Welt, Berlin 1985. Abdruck mit freundlicher Genehmigung der Übersetzerin.

Valgarðsdóttir, Hrafnhildur
Die drei Schwestern, S. 26. Aus: Anne Bubenzer (Hg.), Tödliche Bescherung. Die spannendsten Weihnachtskrimis aus Skandinavien. Wunderlich Verlag. Copyright © Hrafnhildur Valgarðsdóttir. Copyright für die deutsche Übersetzung von Dirk Gerdes © 2006 by Rowohlt Verlag GmbH, Reinbek bei Hamburg 2006.

Spannende Kriminalgeschichten im insel taschenbuch Eine Auswahl

Akte Mystery. Unheimliche Geschichten. Ausgewählt von Carolin Bunk und Hans Sarkowicz. it 3336. 181 Seiten

Frauen morden anders. Die spannendsten Kriminalgeschichten. Ausgewählt von Carolin Bunk und Hans Sarkowicz. it 3308. 190 Seiten

Grüße aus Sizilien. Italienische Kriminalgeschichten. Ausgewählt von Carolin Bunk und Hans Sarkowicz. it 3337. 190 Seiten

Schlaf in tödlicher Ruh. Weihnachtliche Kriminalgeschichten. Ausgewählt von Carolin Bunk und Hans Sarkowicz. it 3382. 178 Seiten

Tödliches Eis. Kriminalgeschichten aus Skandinavien. Ausgewählt von Carolin Bunk und Hans Sarkowicz. it 3383. 183 Seiten

Berühmte Kriminalfälle

Arthur Conan Doyle
- Die Abenteuer des Sherlock Holmes. Erzählungen. Aus dem Englischen von Gisbert Haefs. it 3317. 432 Seiten
- Der Hund der Baskervilles. Roman. Aus dem Englischen von Gisbert Haefs. it 3315. 244 Seiten
- Die Memoiren des Sherlock Holmes. Erzählungen. Aus dem Englischen von Nikolaus Stingl. it 3318. 356 Seiten
- Die Rückkehr des Sherlock Holmes. Erzählungen. Aus dem Englischen von Werner Schmitz. it 3319. 461 Seiten

NF 716/1/8.08

- Seine Abschiedsvorstellung. Erzählungen. Aus dem Englischen von Leslie Giger. it 3320. 318 Seiten
- Sherlock Holmes' Buch der Fälle. Erzählungen. Aus dem Englischen von Hans Wolf. it 3321. 369 Seiten
- Eine Studie in Scharlachrot. Roman. Aus dem Englischen von Gisbert Haefs. it 3313. 189 Seiten
- Das Tal der Angst. Roman. Aus dem Englischen von Hans Wolf. it 3316. 259 Seiten
- Das Zeichen der Vier. Roman. Aus dem Englischen von Leslie Giger. it 3314. 196 Seiten

Émile Gaboriau. Die Affäre Lerouge. Ein Kriminalroman. Aus dem Französischen von E. Stark. Mit einem Nachwort von Richard Alewyn. it 3071. 462 Seiten

Gilbert Keith Chesterton
- Father Browns Einfalt. Erzählungen. Aus dem Englischen von Hanswilhelm Haefs. it 3328. 355 Seiten
- Father Browns Geheimnis. Erzählungen. Aus dem Englischen von Hanswilhelm Haefs. it 3361. 282 Seiten
- Father Browns Skandal. Erzählungen. Aus dem Englischen von Hanswilhelm Haefs. it 3362. 341 Seiten
- Father Browns Ungläubigkeit. Erzählungen. Aus dem Englischen von Hanswilhelm Haefs. it 3330. 308 Seiten
- Father Browns Weisheit. Erzählungen. Aus dem Englischen von Hanswilhelm Haefs. it 3329. 321 Seiten

Jakob Wassermann. Der Fall Maurizius. Roman. Mit einem Nachwort von Marcel Reich-Ranicki. it 3084. 655 Seiten

NF 716/2/8.08

»Skandinavien«
im Suhrkamp und im Insel Verlag
Eine Auswahl

Norwegen

Ketil Bjørnstad

- Edvard Munch. Die Geschichte seines Lebens. Romanbiographie. Übersetzt von Lothar Schneider. 516 Seiten. Gebunden
- Erlings Fall. Roman. Übersetzt von Lothar Schneider. 280 Seiten. Gebunden. st 3445. 277 Seiten
- Der Tanz des Lebens. Roman. Übersetzt von Lothar Schneider. 278 Seiten. Gebunden

Tor Åge Bringsværd. Das Frühstück der Langschläferin. Ein Unterhaltungsroman auf Leben und Tod! Übersetzt von Lothar Schneider. 333 Seiten. Gebunden

Henrik Ibsen. Ein Puppenheim. Stück, Vorarbeiten, Materialien. Herausgegeben und übersetzt von Angelika Gundlach. 425 Seiten. Leinen. it 323. 176 Seiten

Geir Pollen. Hutchinson's Nachf. Roman. Übersetzt von Angelika Gundlach. 194 Seiten. Gebunden

Lars Svendsen. Kleine Philosophie der Langeweile. Übersetzt von Lothar Schneider. 190 Seiten. Gebunden

Sigrid Undset. Das glückliche Alter. Erzählung. Übersetzt von Lothar Schneider. BS 1325. 144 Seiten

NF 449/1/12.02

Finnland

Daniel Katz. Lots Töchter. Roman. Übersetzt von Gisbert Jänicke. 312 Seiten. Gebunden

Petri Tamminen. Der Eros des Nordens. Roman. Übersetzt von Stefan Moster. st 3463. 160 Seiten

Island

Gyrđir Elíasson. Das Schlafrad. Roman. Übersetzt von Gert Kreutzer. 132 Seiten. Gebunden

Elín Ebba Gunnarsdóttir. Jener Sommer in Island. Übersetzt von Karl-Ludwig Wetzig. es 2163. 112 Seiten

Schweden

Stig Dagerman
- Deutscher Herbst. Reiseschilderung. Übersetzt von Jörg Scherzer. BS 924. 119 Seiten
- Die Insel der Verdammten. Roman. Übersetzt von Jörg Scherzer. 319 Seiten. Gebunden
- Die Schlange. Roman. Übersetzt von Jörg Scherzer. 259 Seiten. Gebunden

Marie Hermanson
- Muschelstrand. Übersetzt von Regine Elsässer. st 3390. 304 Seiten
- Die Schmetterlingsfrau. Roman. Übersetzt von Regine Elsässer. 242 Seiten. Gebunden

NF 449/2/12.02

Per Christian Jersild. Der fünfzigste Erlöser. Roman. Übersetzt von Jörg Scherzer. 263 Seiten. Gebunden

Per Christian Jersild/Lars Ardelius. Gedanken über den Tod. Übersetzt von Jörg Scherzer. Mit zahlreichen Abbildungen. 308 Seiten. Leinen

Olof Lagercrantz
- Dante und die Göttliche Komödie. Übersetzt von Gisbert Jänicke. Mit farbigen Abbildungen. it 2159. 296 Seiten
- Marcel Proust oder Vom Glück des Lesens. Übersetzt von Angelika Gundlach. 206 Seiten. Leinen
- Mein erster Kreis. Die Geschichte einer Jugend. Übersetzt von Angelika Gundlach. 231 Seiten. Leinen
- Reise ins Herz der Finsternis. Eine Reise mit Joseph Conrad. Übersetzt von Angelika Gundlach. 207 Seiten. Leinen
- Strindberg. Übersetzt von Angelika Gundlach. 587 Seiten. Leinen
- Vom Leben auf der anderen Seite. Ein Buch über Emanuel Swedenborg. Übersetzt von Angelika Gundlach. 207 Seiten. Gebunden

Selma Lagerlöf. Das Mädchen vom Moorhof. Übersetzt von Marie Franzos. IB 285. 79 Seiten

Lars Norén
- Eintagswesen. Übersetzt von Angelika Gundlach. 211 Seiten. Englische Broschur
- Nacht, Mutter des Tages. Chaos ist nahe bei Gott. Übersetzt von Angelika Gundlach. 271 Seiten. Kartoniert
- Nachtwache. Übersetzt von Angelika Gundlach. 205 Seiten. Broschur

NF 449/3/12.02

Klas Östergren

- Anker. Roman. Übersetzt von Jörg Scherzer. 242 Seiten. Gebunden
- Gentlemen. Roman. 515 Seiten. Gebunden
- Pflaster. Roman. Übersetzt von Jörg Scherzer. 216 Seiten. Gebunden

August Strindberg

- Fräulein Julie. Drama. Übersetzt und mit einem Nachwort versehen von Peter Weiss. it 2701. 112 Seiten
- Tschandala. Eine Erzählung aus dem 17. Jahrhundert. Übersetzt von Renate Bleibtreu. it 2741. 176 Seiten

Dänemark

Hans Christian Andersen

- Bericht einer Reise in die Sächsische Schweiz. Herausgegeben von Ulrich Sonnenberg. Mit zahlreichen zeitgenössischen Abbildungen. IB 1220. 104 Seiten
- Märchen. Mit Illustrationen von Vilhelm Pedersen und Lorenz Frølich. Übersetzt von Eva-Maria Blühm. Drei Bände. it 133. 1129 Seiten
- Märchen, Briefe, Geschichten. Ausgewählt und kommentiert von Johan de Mylius. Übersetzt von Ulrich Sonnenberg. Mit zahlreichen Abbildungen. 432 Seiten. Gebunden
- Märchen meines Lebens. Mit einem Nachwort von Johan de Mylius. it 2738. 250 Seiten
- Schattenbilder einer Reise in den Harz, die Sächsische Schweiz etc. etc. im Sommer 1831. Mit zahlreichen zeitgenössischen Abbildungen. Herausgegeben von Ulrich Sonnenberg. it 2818. 148 Seiten
- Die Schneekönigin. Übersetzt von Eva-Maria Blühm. Mit farbigen Illustrationen von Birgit Ackermann. it 2578. 120 Seiten

NF 449/4/12.02